浙江文獻集成

浙江文叢

錢陳群全集

〔第四册〕

〔清〕錢陳群 著　張猛 點校

浙江古籍出版社

香樹齋詩續集卷十七

古意一首有序

古詩、樂府，均昉於漢魏，沿及今兹，體裁各異，而興懷引緒，旨趣略同。推原所自，本乎風雅，千餘年來，勞臣思婦，才人放士，情既竭而意亦傳焉，使讀者淒然淚下。詞則工矣，於正始之義，闕焉無聞。陳群遭際明盛，自十五學爲詩歌，心知其意。忽忽年垂八十，受主恩思致頹邁，無由自振。秋夜寂坐，默然深會，以爲妻道臣道，皆如地道之無成代終，非敢謂以貞厥章者也。徘徊流連者久之，合比興而歸於賦，製古意一篇，以存風雅之致。嗣響《關雎》，而温柔敦厚之旨，或庶幾焉。後之作者，考其代而歆其遇，可以興矣。

妾本一寒女，秉貞服素絲。幼承阿母訓，習禮而明詩。偶讀無鹽傳，裁爲宿瘤詞。獻納握本志，奉身何卑微。寶鏡照新裝，步入金戺側。粉黛無殊姿，巾幗珍連璧。千秋邀一言，淑慎以自迪。君子廣延攬，重德不重色。未抒當熊忠，（武功備則猛獸自戢。）豈効脱簪職。（文德脩則玉耤時舉。）衆星依日月，耿耿分餘光。衆星互顯晦，日月亘久長。引年謝衾裯，終惠敦筐筐。內朝家人禮，請謁猶趨蹌。趨蹌亦蹣跚，幽意尚窈窕。顧問一及之，感激陳稍稍。扶衰餌术頒，眷舊恩波浩。同直及中涓，相見慰難老。清淚濕闌干，不寐常到曉。色衰愛不移，益用感懷抱。焚香祝蕃釐，默默惟深禱。

題沈童子射雕圖歸愚尚書之孫

萬里扶摇上碧霄，生來閑雅屬垂髫。他年扈從秋郊外，中使傳宣命射雕。
家事吴興是賦詩，偶然游藝亦稱奇。挽强豈少穿楊技，要養持弓未發時。

夜泊沈村晚步用淵明與殷晉安別韻

田家未識面，見我聊殷勤。稍遠城市跡，一領魚鳥親。不知何年歲，長此結比鄰。賓朋諧近局，婚嫁及令辰。新穀尚露處，舊畛仍區分。輪租後官税，種麥先明春。孤慮感逝水，扁舟寄停雲。扶策自爲遣，沉吟亦何因。華簪有榮辱，野老忘賤貧。願延桑榆影，長作昇平人。

經旬苦雨伏枕沉吟今日初度喜見日色口占一絶壬午年作，今補刻。

伏枕愁聽積雨聲，曉聞乾鵲噪簷楹。天公似有偏憐意，幽草居然受晚晴。

過朱家角訪席敬堂農部吾鄉陸清獻稼書先生館於其家敬堂祖輩皆受業焉予爲翰林時曾銘其祖墓今四十餘年矣復過其居農部見其二子彬彬然稱其家兒也爲題一首

陸子談經地，軒楹見舊家。詩書守孫子，風俗遠繁華。夜蠟明紅玉，秋蛇護絳紗。九峰三泖外，獨立泛輕槎。

甘信符太守由吾郡調知湖州詩以紀別

君本忠孝家，先烈惇國史。門才治譜傳，初筮屬司李。吏局頻量移，所至歌豈弟。憶昨來我浙，佐郡已三徙。櫂輿會面時，巡典肅陪祀。乾隆十六年，予扈從至浙，恭代諭祭先祠，君列陪祀，故及。石火感年華，彈指逾一紀。浙右大郡三，繁劇稱鼎峙。刺史得其人，宸衷實毗倚。君從信安郡，熊幡忽戾止。政成期月中，扶良而抑骪。露冕春巡農，握槧閑課士。朝來晴鵲聲，榮調有明旨。父老攜幼穉，攀卧雜城市。予曰爾無庸，守去僅百里。不見苕霅流，襟帶連長水。守惠澤鄰封，沾溉同一視。姓氏早書屏，要職惟所使。求良於忠裔，殊擢正未已。行將庇吾浙，部民盡衣被。父老聞予言，踴躍各歡喜。作詩擬風謡，庶以勉君子。

賦得溪虚雲傍花

獨立柴門外，心空悟入虚。雲容移冉冉，花影動徐徐。漸與暮烟合，真成野老居。溪邊一徙倚，乘興入吾廬。

賦得遠水兼天净得兼字

水天同一色，遠勢況能兼。萬里長空際，三秋野望添。浪翻如練展，光瀲與波恬。去翳雲歸壑，無塵鏡出匳。劃開横雁字，矗破露峰尖。遲暮滄江上，淒涼此獨淹。

題蘇定侯方伯觀循圖

竹萌桃暈蔭南陔，行省公餘射圃開。循法要閑臣子鵠，持平豫養棟梁材。鯉庭曾訂敦詩課，夔相還呼習禮來。佇待屬車陪法從，華林賦就獻蓬萊。

查香雨明府雙壽詩

宦海歸來到舊林，平生豪宕感沈吟。雙攜瑶核千年熟，蹔息鵬扶六月陰。賦和孟光傳古調，鰪依冀缺是知音。華堂絃管羅仙樂，會見群真下碧岑。

榷使薩公魯望所刊樗亭集曾屬予序别來十餘年矣昨索讀近作則答云予詩未必佳或可當街頭蓮花落也因戲作蓮花落三首奉寄請廣長舌下一轉語

三年使節成西笑，魯望視河東鹺政數年，故云。太華蓮花落酒盃。今日姑蘇千萬朵，蓮花落後又重開。

又是鵝毛下雪時，時届冬至，天陰將作雪也。山塘七里唱新詞。蓮花開與蓮花落，此際惟應茂叔知。

當年繫馬坐花茵，翻水詩成記逼真。若以清詞比時曲，笑予亦是愛蓮人。

題莊繩武望雲歸櫂圖

憶昨上注日，别我指北去。經時忽思歸，子舍隔雲樹。長安多故人，攀手不能住。俶裝上輕舟，風正蒲帆暮。篋中何所有，幾幅贈歸句。傳神倩畫師，點染杉青路。捧檄固足榮，侍杖真足慕。願得金光草，長使親顔駐。

詠茉莉

此物豈忘憂，炎風半晌稠。與蘭添媵婢，近枕亦温柔。賦粉明雙鬟，奇香上小樓。生衣庭際立，爲爾試茶甌。

哭溧陽師相史文靖公用唐張籍祭退之體兼和其韻

卓哉文靖公，風裁何昂昂。如蕭酈在漢，若房杜在唐。舉止自閑雅，謀度必精詳。濟美以繩武，貞吉惟含章。體和而達順，外圓而内方。愛才每心折，疾惡必項强。往往負倫鑒，高論或否臧。大旨羞齷齪，而欲扶善良。理公有終始，治私寡經營。親知以急告，量力濟者常。施乃性所好，非曰後必昌。孤露指成立，煢寒倚昏喪。酸鹹殊嗜好，冰炭融肝腸。立朝六十載，清白以自將。密勿咨庶事，獻善如探囊。不茹亦不吐，攝志慕中行。從容立不倚，典禮肅且明。弱冠至耄耋，中外多賢聲。群少也貧賤，徒步謁上京。自慚運偃蹇，久困舉子場。公早入詞苑，交我於諸生。讀我所爲文，曰可萬夫當。公書師西臺，而不以書名。相娱或棋槊，羅列在書堂。看花或接席，論文或聯牀。曰交滿天下，如君不可量。由來杕杜懷，飲食以跂望。公性不善飲，酌我仍巨觴。憐我俸入薄，精鑿時分嘗。顧我衣裘敝，出縑爲改更。雍正八年夏，使秦宣天聲。詔群亦偕往，了不事鋪張。公尋移鎮節，屬群司其成。兩河歷且遍，庶使仁風揚。秦中多令僕，推群相輩行。監司及行省，屏立如諸郎。指群語人曰，是國之棟梁。公餘偶問俗，並騎遊山莊。有詔召群還，羨我天闕翔。歸來守玉署，條冰自淒清。聯步趨頭廳，衣沾御爐香。憲皇升遐日，攀髯共悲涼。今天子嗣位，萬年基太平。天地呈瑞應，人何愛其情。鑒公三朝老，六卿任交并。公每拜一命，抒誠以爲撐。取士在必得，如弋獲雙鶬。若沈若浮者，鱎也而非魴。豈忍以粃莠，而雜於稻秔。謂予有同尚，相戒斥冗長。偶來典秋官，我席亦在傍。虛公期明允，五緯應寒芒。群忽遘沈疴，公過執手驚。賞賚荷稠疊，懸車垂恩光。公詣群話別，勤拳復慨慷。群歸來三載，公亦返故鄉。平泉但閉門，足跡不到城。群時舊疾發，高卧金陁坊。弄筆題漫與，檢帖仿時晴。公撥蒼頭來，曰稍理軒楹。約尋昔日歡，戞瑟或搊箏。林泉傲鵷鸞，朝廷重老更。鑒公篤棐純，存舊眷不忘。臣心許臯伊，主德尊堯湯。我爲蒼生喜，公益不自遑。每思平生遇，感激涕縱橫。群昨祝鼇至，拜公舊賜房。謂群千載遇，父子秉文綱。風詩非小道，照耀於大荒。群瞿然避席，曰幸際垂裳。如公一二輩，謨弼奏平章。既群陛辭後，別公理歸程。所欣内平日，坐可見外成。成功序當退，造化若使令。一朝騎箕尾，神色無荒茫。同朝會哭者，自寢塞兩廂。哀問到親串，老淚眼眶盈。覼縷五紀事，中心黯自傷。冬夜擁被寐，夢聽歸船鉦。晨興使者來，遺帛出巾箱。含哀和籍韻，庶寫一寸誠。傳家有紀載，惇史亦張皇。攜册伴鏡具，公靈其來饗。

張司業與韓吏部敘二十年中事，文昌、香樹兩師以六十年交好，中間聚會多而離別少。香樹師以文筆掩功名，文昌師以功名掩書法，其胸襟開爽，器量涵蓋，有同趣者。文昌師晚年謂人曰：『吾通籍六十餘年，交大人、先生、賢士大夫多矣，直諒多聞，未有如香樹者。』榮昌初聞而識之。後侍香樹師十餘年，始信文昌師非輕許可者。讀是詩，益歎君子之交，有終始如此。榮昌謹跋。

題吟芝圖

鷲嶺天香露下時，童童如蓋湧雙芝。好憑月窟仙人手，寫出齋房樂府詞。

哭同年沈敬亭光禄

衰齡推輩行，侵曉數殘星。會面成虛擲，論文托杳冥。木牀無賸絹，石室有遺經。何處呼張丈，臨風一淚零。

陳怡亭大令竹柏得其真圖

陳君古静者，晚節澹且淳。引年崇樂志，諧俗葆天真。臭味託草木，竹柏怡吾神。本性固足尚，虛心殆其倫。清泉與白石，科頭一置身。把卷領斯致，招揖葛天民。

題經井齋小影

閑課幽人日幾回，撿書臨帖趁恢台。晚涼餘事吟初罷，自掃桐陰石徑來。

題石顛上人七十初度

課兒曾借短檠紅，金明寺去敝廬最近，每率見子汝誠兄弟讀書寺中。留客茶瓜揖已公。身似青蓮同佛性，面如黃葉是家風。黃葉老人法裔。護蘭帶雨抽新本，種菊迎秋發故叢。我亦年來參授記，打鐘掃地悟無功。

秋日招宮怡雲方伯集香樹齋小飲用少陵贈衛八處士韻

積雨乍澄霽，爽韻流金商。隱葉桂初放，著露蘭生光。故人滯南國，鬚鬢日以蒼。要將冲澹襟，易彼冰炭腸。涼風入我牖，蟋蟀已在堂。門才有二子，聚散感雁行。一罷漢嘉守，歸計阻遐方。一侍二親側，晨夕備酒漿。暫去違庋閣，瑣瑣謀稻粱。肯孤今夕會，而不數舉觴。誼敦跡自洽，味薄情更長。珍重復珍重，此理會微茫。

題蒼培從孫秋山採菊圖

少小慕恬澹，愛此山人服。薄遊步晴郊，一訪陶潛菊。心夷致亦偏，野曠神自邈。悠然望秋山，於以媚幽獨。

題默堂小影

敦艮由來不獲身，每於返視得吾真。科頭抱膝無人處，海闊天空盡入神。恬澹真如對古琴，蕭然衣露動微吟。眼前誰是知音者，自寫高山流水心。

哭玉笥師

臥病謝人事，況當積雪晨。如何今夜月，偏近歲星辰。用東方曼倩事。經帳虛長檠，師門折大椿。鏡湖一老去，腸斷謫仙人。

一臥西湖上，逍遥四十年。禽魚洽踪跡，翰墨自雲烟。藥種胡僧乞，茶經老婢傳。平生餘落拓，曾未辨東田。

感今還憶昔，先後到蓬瀛。定分兼師友，陳群於康熙間，同舉京兆。辛丑，師與禮闈事被首薦。虛懷似弟兄。宛陵真老輩，中允晚聲名。乾隆二十六年，先生以祝釐北上，奉特旨晉贊善，賜内府緞匹。明年南巡，又賜御書匾額。他日修湖志，遺編有舊程。上三幸我浙，《西湖志》多出先生手編。

題張崑田明府愚髯小稿兼送北上

不用逢人説項斯，芙蓉露涴比丰姿。壯心偶寄詩篇裏，彭蠡月明夜泛時。
聲價才名賦子虛，楝花風裏放船初。附枝歧麥君家事，老眼期看報最書。

席硯農大使吴人也官吾浙搆别墅於湖上時奉其母蔣太君遊覽其間作將母圖屬題一首

服勤臣職稱，餘事展烏私。家近扶將易，官閑侍奉宜。板輿花柳外，愛日太平時。勝地慈雲覆，名山湛露滋。手栽閒草木，獻秀發靈奇。他日安輪幸，深春畫舫移。女工葉蒴茗，婦事課機絲。即此人間樂，行邀天上知。重修湖乘筆，應綴席家池。擬補南陔什，慚無束皙詞。

秋澄蔡丈八十壽

錫類新頒予誥身，詩名德望兩如春。菊泉滿貯千齡酒，藜杖雙扶九十人。豐樂鄉中傳法曲，耆英會上揖群真。好移百福坊前宅，來訪清風便卜鄰。先生所居清風涇，里中人多臻大耋。予與先生有卜鄰之訂。

題費茂才小影

平生仙侶悟前因，譜出叢霄記逼真。露冷月明山徑仄，添衣坐待采芝人。

恭和御製元韻二十首

恭奉皇太后啟蹕幸避暑山莊作

不忘武事與文修，先導安輿敕豫遊。要政疇咨方妥帖，上每遇時巡，京師倉庾食貨，凡有關於民依者，必先事籌畫。此次格外加恩，尤辦理盡善。輕程鳴蹕好停留。關山雲遞涼初入，餅餌風吹香正稠。節過天中諏吉日，適符祖制昔詒謀。聖祖朝幸避暑山莊，多在清和以後，兹恰符其候。

收　麥

近畿黄雲齊，時節霉雨後。捆載婦子忙，胼胝足與手。農叟候登場，田畯夙履畮。誰識九重心，佇望亦已久。授食當歉時，大小必計口。偶遇歉時，恩旨發倉出粟，賑濟大小，無滲漏者。天顔今有喜，爾民其知否。既收尚爾憐，官租猶緩取。遠者以車來，近者以肩負。從臣樂賡吟，與會亦抖擻。臣昨諭家兒，民勞期善誘。時法駕經過處所，由密雲出口，皆京兆所轄地。臣子臣汝誠以户部侍郎兼管京兆事，數日前家稟有『近畿所屬一二麥有秋』之語，臣批令宜益加詳慎體恤，以仰副皇上念切民依至意，庶幾勉稱職守。

長城行

城蜿蜒兮山崔嵬，五丁開後萬夫開。因高而成卑入塍，鷙鳥不敢窺隴隗。秦漢以來戰征地，勝負百劫多成灰。丹青爲媒明妃去，典屬曾歌通國來。早知來去若平地，九千里役真癡騃。君不見，唱籌量沙粟可峙，陶甄築城山可嶷，竊鉤小盜多由此。臣曾佐秋官，每訊逋逃小賊，多云偷掘長城出塞。得國之侯敝屣是，萬里從來跬步耳。又不見，伊犂新城有明旨，拔達山爲我外鄙。

肩輿入西峪即景成什

宸遊一西指，得徑尚平衍。緣溪旋紆迴，肩輿隨導轉。既隘行復寬，坐覺林壑展。書堂起爽塏，盍勿一停輦。秋意發真香，即事足清繾。怡然飲太和，微風送餘善。田盤龍井間，縮地誰能辨。勝處或神似，知味會一臠。縱有十丈塵，此際其知免。

意　入

意入清風明月邊，得言忘象豈言詮。相烏薄展當風勢，睡鴨微噴作篆烟。動察物情懸寶鑑，静參道體悟晴川。皇衷雅與清空遇，不用金光自得仙。金光，仙家所服草也。

登四面雲山亭子作歌

一亭聳翠中峰上，諸峰環立兒孫齊。崼嵑呈奇自朝暮，葱蒨獻秀分高低。於此結亭揖清賞，宅中作鎮名可稽。遠巖蒼然如出沐，近者列郰通雲蹊。今年避暑早莅止，五月望後啟行，較往時早月餘。幾餘寄爽頻登躋。新詩字字戛寒玉，天光澹浥飄晴霓。椏杈古木鬱而互，谽谺怪石紛如谿。宸襟一豁有餘思，墨卿應召爲留題。

放鶴亭對鶴作歌

雲龍山人亦名亭，彭城雲龍山有亭，宋張山人放鶴處，蘇軾有記。自來自去原無情。何如珊珊靈囿鶴，年年自刷冲霄翎。鹿在砦兮猿在檻，以鶴較之分疎戚。睿情感焉爲作歌，恩既爾施猶爾歎。蒼苔白石常在斯，摩空遠去其奚爲。

清舒山館

爽薦初凉翠亦舒，天開山館聖人居。漾疏香氣留清淑，入鏡泉聲悟静虚。王維詩『幔捲山泉入鏡中』。筆法簪花傳窈窕，詩情出水映芙蕖。時晴時雨蒼生望，每到封章曰慰予。

蘭

蘭本王者香，秉性自清淑。九畹未爲珍，數莖生使獨。移隨荔子紅，種伴苔紋緑。君子際良時，幽人豈終伏。出處自有期，前定同飲啄。内美抱信修，皎潔非違俗。願承盆盎寵，葆兹芳洲馥。

静寄山房

山房規地得中央，締搆維欽祖澤長。風俗今爲仁者里，雲山昔是聖人鄉。禽魚草木多真趣，茗椀圖書發古香。特敞芸牕延佇望，芙蓉朵朵作屏墻。

春好軒題

聞説如鶉聖所居，聖人鶉居而鷇處，言居無常處也。見《莊子》。密陽舊製想同渠。孔子春居密陽。四時風月從春始，萬彙昭蘇應律初。景麗暄和長此似，風淳皇古悟真如。皇心默會麟經旨，首重王正特筆書。

閲本

捷巡勤視事，計日到封章。況此山莊近，馳來本報詳。行在封奏，每二日一至，隨後所司先期皆集，謂之接本報。一人親決裁，去聲先務重農桑。懷保承家法，欽哉兹益蕿。

移松

昔聞道人言，種松看松長。今兹欣得地，天恩感浩蕩。冲霄他日期，了不事勉强。尺蠖屈始信，平聲散樗壽可養。始識棟梁姿，亦賴清曠壞。根蟠漸結束，頂摩日高敞。深春花自飄，長夏陰亦廣。願與野鶴盟，一遂尋巢想。

聞京師得雨志喜

望晴還望雨，兩願期兼成。一從遇潦後，畸重每期晴。天公曰有待，甘澍仍時行。皇誠勤默禱，宵旰衷自縈。燈花昨夜卜，報雨來玉京。所欣兩念慰，憂勤爲民生。勖哉京尹職，副兹望歲情。屢豐自今始，睿慮惟持盈。

除草

松柏得天厚，冰雪各禦攘。彼草亦何爲，滋蔓徒自枉。王政申薙氏，如奸豈容養。連朝事芟夷，坐覺林亭爽。地道本廣生，雨餘猶自長。寄言稂與莠，勿作緣隙想。

夜遊山月歌

不夜非銀燭，上嶺清光自曲曲。穩坐非玉輦，珊瑚鞭下隨溪轉。佳遊今夕宜成歌，最移情處原無多。人間縱有定方嶠，天上除非是大羅。乾隆癸未二十有八載，乘興而遊。比之大羅方嶠興亦倍，良宵秋澄，自與五際會。佳山霽澹，不用一錢買。鳥呼名而啾啾，鹿求侶而呦呦。泉聲瀑韻，非筑非篌。遇之無心致必逸，求之有意終無術。即之愈稀，挹之不竭，娟娟一輪又穿翠微出。斯境斯遊略可記憶數，髣髴攝之最高盤之中盤古。棲霞最高峰田盤之古、中盤，上皆作歌，臣曾奉敕恭和。孰知駕言出遊遮羅邊，庸作直與勝地清歌同入譜。臣雖衰朽興不窮，願呪賜杖倏忽變化爲蒼龍。乘風飛到舊時扈從地，一躍賜馬隨玉驄。臣隨從至避暑山莊，閱今將二十年矣，時拜賜馬尚存。

濬溪

昔聞黄流所過水必淤，神禹治之利用疏。北河轉漕沙易漲，年年剗淺爲良圖。御園濬溪推此理，雨過溪面泥平鋪。縱復閑企翹足鶴，安能澄見掉尾魚。溪光不日開鏡面，小試濬瀹規新模。呼名水鳥夜來宿，叢生小草茜蔓于。水中所生。積淤去浄水不溢，其義或可視斯乎。

學古堂

學開千古傳殷室，古帝王言聖學者，自《説命》始。天授吾皇夙紹聞。聖又多能猶自敏，事惟師古始爲文。周情孔思承先覺，武烈文謨誦昔芬。早見屏書無逸訓，由來宵旰不言勤。

反白居易陰山道樂府兼用其韻

陰山道，陰山道，古來廷議修和好。和戎兩利在貿易，蠶食桑兮馬齕草。縑成嫌薄馬嫌羸，況復蹄穿僅存皮。白家新調慮短匹，豈識太平有今日。我皇廟算必萬全，奚止規十得六七。料量工價憫夷苦，馬市通時各點數。黠夷遠近盡納款，縱有狡詐無使處。敬修三事和且敦，一誠所格萬里論。疑命時幾復時敕，重門洞開如矢直。流沙西極太一況，貢道年年看絡繹。西師既撤經數載，尚衣使者添供緑。嫘祖効靈海禁弛，年來江淮以南，蠶桑有收，並弛新絲出洋之禁。絲人染人工亦倍。邊既寧，所獲多，試問古來司市者，以今視昔今如何。

趙霖畫唐太宗六馬圖歌

昔聞曹霸畫馬曾奉詔，後來有宋王孫各神妙。前霖，後孟頫，皆宋宗裔，善畫馬。是圖六馬矜權奇，雄姿逸態無勿肖。四十萬匹皆吾師，非如孟頫身墮馬胎始一爲。孟頫畫馬，必身作馬狀，令觀者稱似，始下筆。幾餘發興振天藻，百九十九驪珠垂。元韻百九十九字。右行左行分次第，考之金石真倒置。鑒古貴不泥於古，肯以拘文致牽義。以上六句，恭繹御製及註中意。由來草昧起真人，英雄百戰必身親。昔云一匹可敵萬，論功足當社稷臣。大明宮神舌豈斷，斬妖蕩氛爲已亂。用孫樵賦中事。馬於是時助神力，與人一心平國難。傳神却在阿堵間，雪花點點桃花殷。屹立不動如琢石，肉中見骨方稱難。君不見，是兔皆赤魚皆白，衆工紛紛下顔色。御題可作金鏡觀，公麟有知當屏息。

往時於名人題畫諸作，最愛蘇軾《虢國夫人夜遊圖》，駘宕鏗鏘，若不經意者，音調絶佳，篇末陳隋爲鑒，可稱得勸誡體。今恭繹睿製，考據精核，寫唐宗英武，事事從馬上得之，且謂垂示後世，俾知艱難。與貞觀守成不易之論，自然印證，怡俱就畫圖中觸發，況雷塘踈逖，又不如天寶之切近而著明矣。其高出眉山處，自有能辨之者。

香樹齋詩續集卷十八

春帖子詞

三葉堯階莔，迎春愛日長。朝元來萬國，茀禄自穰穰。

六幕歡騰九敘歌，豈惟臣里誌嘉禾。我皇永錫康年福，稌黍天教歲歲多。

化日舒長當累洽，昇平甲子恰重周。扶鳩好獻堯封祝，萬六千春海屋籌。我朝自甲申定鼎，迄今百有廿年。自兹萬億千歲，丕扇淳風，臣竊願附封人之祝云。

首春得次兒汝恭從沭陽所寄家稟内有少師楊方來漕帥巡視海州見示三絶句訓誨諄切情見乎辭先生以公孤位望奬勵卑末一至於斯固推陳群交分視如猶子而敦勉下吏俾小子有可造就實君子樂育人才之盛心也因次韻寄謝兼敘兩載别緒

寶舟跪送儼神仙，尚食同頒中使傳。廿七年三月望，吴江道上恭送聖駕回鑾，嗣拜賜食。兩載故人淮海月，昨從千里惠書箋。蜀中王生汝璧下第回浙，承惠手書存問。

衰年著讀笑書淫，昌黎詩有『我老著讀書』之句。課雨量晴冀免祲。公亦先憂吟詠在，江湖廊廟本同心。

弄筆都教屈宋衙，詩成未要向人誇。家兒何幸陪騶從，韎韐曾沾瑞雪花。汝恭和詩有『冬來幸得豐年兆，隴上頻飛六出花』句。

附原作

楊錫紱

飛來鳧舄吏如仙，翰墨風光寶世傳。記得海城殘雪夜，琳瑯五字落瑶箋。昨冬海城把晤，曾和予殘雪詩。

沭水西傾勢汜淫，青伊湖畔歲爲祲。講求到海疏通路，尚廑郎官夙夜心。

宫書夜治曉參衙，爲政風流孰可誇。但使桑麻盈四野，不須滿縣種桃花。

人日阻風杉青牐與喬仍菴世講連楫而泊招至舟中夜話感舊述懷兼示令弟頤菴孝廉

雪色入春寒，帶雨風更力。鄰舟已不前，我櫓如退鷁。船唇相銜撞，迎岸同墨食。有客裘蒙茸，秉燭來一覿。始知沛上賢，汗漫遊南國。握手訝鬚眉，接談維今昔。當年孔李交，白皙侍几席。一瞥將三紀，别意等山積。石尤如有靈，介此千里跡。征帆或少遲，我心庶以懌。寄言與仲氏，努力培雲翮。由來冲天飛，視兹六月息。

贈任生名大椿，爲吾子庚辰典試江南所得士。

任生善學者，往往會瀝液。曾攜所爲文，謁我林栖宅。三日但對面，無以爲生益。生故益依依，恍然若有獲。三年不相見，南宫復點額。我船泊胥江，忽來扣舷客。過船坐默然，又出袖中册。煌煌樂府詞，大雅中程入。扁舟隨我歸，繫纜門前石。伺我神稍恬，請益無逼迫。七日乃告去，予復不忍釋。生如春谷泉，流出自湜湜。亦如大璞完，藴真外雕飾。生行何以贈，聚萬惟自擇。執手日後期，見爾雲間翮。

題王顧亭探梅小影

北宫父子雄詞場，東萊宫怡雲父子皆能詩，格調在新城、秋谷間。運斤秉臬宗漁洋。爲言晚近得益友，西溪深處瑯琊王。王郎抱性何軒豁，耽書更愛林逋骨。曾見予書，購之曰：『東坡評林處士書，「書似西臺差少肉」，此書近之。』梅花開時便獨往，一領鐘衣踏香雪。近梅倔彊多精神，遠梅縹緲烘晴雲。吟髭判斷還未斷，芒鞵欲穿猶未穿。磅礴不歸日將夕，細嚼梅花當晚食。早洗人間萬斛塵，相對此花無愧色。

宫守陂郡丞以侍老親留予舍數歲從予遊間論詩脱去時徑與言政事頗識體要其弟虚谷罷漢嘉守歸請於父願侍奉二親且遲上注其遣兄去矜謁選人際兹明盛分當効犬馬報或博儋石糈少供饘粥不亦可乎二親頷之諏日北上予與怡雲友也守陂有一日之知遂置酒取别仍用去歲秋日集敝齋小飲用少陵贈衛八處士韻

人生貴朋侶，出處相與商。子抱濟時器，曷勿觀國光。爲政保我赤，要在凛彼蒼。好將清浄理，一浣塵俗腸。記歲辰在寅，謁我於壇堂。愧無以進子，歆焉弟子行。文章本小道，致遠泥通方。箕口不簸物，斗柄不挹漿。飫德敦孝弟，恆性非膏粱。别筵今再舉，聊厚勸豆觴。此去路云遠，此意情更長。關河一緑草，執手何茫茫。

恭和御製石芝元韻

弱質先承鐵網羅，敢將白賁貢居那。林栖未上珊瑚市，鬱林郡有珊瑚市，海客市珊瑚處。估客曾逢瑪瑙坡。臣曾遊孤山，遇一海客攜此，人争購之，頗居奇不售。叩以得自何地，云：『出外洋數次，偶得之耳。』臣見其密麗天然，不施雕鏤，愛而購之。孤山有瑪瑙坡，見《西湖志》。織似鮫綃紋亹亹，裁如仙佩影娑娑。自從天藻標題後，水府靈莖永不磨。昇平德産自充羅，珠樹呈祥受福那。筆起雲根驚海客，盆堆雪浪笑東坡。芙蓉出水姿逾妥，鸞尾傳神致更娑。六七年來三拜錫，年來拜賜御畫墨寶三，一《橋梓圖》，二《天然竹如意圖》，三《石芝圖》，筆墨神奇，自然貴重，觀者無不歎服欣羨。天然都不事雕磨。

附臣子臣汝誠恭和一首

錢汝誠

匭出祥莖帶海羅，願申葵頌福維那。敢希虞藻徵珠樹，旋拜軒圖授玉坡。《水經注》載具茨山有《軒轅授芝圖》。輝挹雲霞纔拂拭，奇傳烟雨幾摩娑。臣父陳群家信中云：『得此芝後，集里人觀之，皆以爲奇。』今果邀睿賞耳。延年服食同叨眷，小草依榮感不磨。昨秋蒙賜木蘭所獲鹿，批答中有『服食延年，以俟清晤』之語。

送黄簡齋廣文歸關中

鴻都講席敞關城，環立屏墻不記名。予曾奉使宣諭關中，公餘，執經問業者甚衆，廣文同其兄懋德亦與焉。問字當年君最少，今過五十作先生。

曾爲吴市吹簫客，去作灞橋踏雪人。一棹南湖來話别，白頭無語獨傷神。

題簡齋廣文哭侄詩後

前有平原後退之，一番展讀一番悲。衰年枯淚誰教落，吟罷黄生哭姪詩。世儒以退之《祭十二郎文》方之諸葛《出師表》、李密《陳情表》，爲有關倫紀，不知平原一門忠節，其《祭姪文》，既哭其兄，又哭其姪，憤痛交并於戎馬倥偬中，宜其與日月争光也。至其手稿真跡，予曾於華亭王少宗伯家見之，臨仿數次。

讀循良傳漫題

河南守吴公

何妨傳姓不傳名，聲價長沙倚共成。不獨治平稱第一，漢廷經術首西京。

蜀郡守文翁

石室堪居弟子行，業成蹐蹐復蹌蹌。尊崇聖道移風俗，文黨功應先紫陽。

左内史兒寬

古義由來可決疑，民間闊狹盡裁之。誰知擔負牛車者，即在吞租不入時。

小黄令焦贛

增秩仍留拜詔新，奸邪不發小黄民。從來學易其知盜，延壽方稱善易人。

京兆尹雋不疑

博帶早驚直指使，引經還折大將軍。同時嚴雋皆賢母，賢否惟憑悲喜分。

御史大夫魏相

戍卒三千願復留，河南老弱奉書投。狎兒驕子多迴避，始信弱翁是憲侯。

京兆尹黄霸

道旁鳥攫守先知，尋繹相參隱者誰。明察温良爲體用，調停此際費深思。

右扶風尹翁歸

賢才自薦古來同，擊劍家居氣亦雄。用吏何嘗爲吏用，至今人説右扶風。

京兆尹張敞

案事偏於五日操，制魁滌藪起重轑。由來宵小多囊槖，掩卷爲呼張子高。

上郡守馮野王

兄以行能歸衆譽，弟多恩貸得民心。左將軍後三公望，大小馮君盡國琛。

家稼軒司寇賦呈四首次韻爲答

澤蘭發國香，本性懷澗谷。荆璞既見知，舉世欽鎮玉。真賞非干譽，至珍不震俗。一掬雖未盈，鑒兹芳洲緑。譬之善歌者，終使人間續。此際杳難傳，側耳聽郢曲。

殷勤復殷勤，不盡故人心。執袪復執手，但自餘沉吟。人生貴儔侣，試聽求友禽。弄晴一整翮，寄興或棲林。不知天邊羽，俛焉猶相尋。吾衰感深致，佇立懷好音。偶然於此遇，終隔雲路深。移情立海上，一鼓烏欽琴。

寥寥千載中，靄靄一日知。唐棣爲寡恩，關雎乃善思。宫中奏雲韶，四海膠漆滋。試看雲間月，夜夜照深幃。雙魚識此意，强飯爲致辭。

獨立一懷人，灝然感風露。我生行自寬，戚戚徒自誤。顔色有悴榮，心期無新故。感君千尺縑，表此平生素。别後結遐思，悠悠領斯趣。一讀一起予，庶以托深悟。

附原唱　　錢維城

鬱金有真香，豈必産崖谷。移根託謝圃，所愧非蘭玉。夫子扶大雅，冰雪洗凡俗。薄采籬下根，未遺庭中緑。春風天際來，芳氣倘相續。傾耳雲海濤，可憐人間曲。湘漢一萬里，不盡騷人心。如何芳杜曲，徒有秋蟲吟。鳳凰九層臺，毛羽驚凡禽。歸昌不世出，四海皆瑤林。倦翮偶一憩，雲路還相尋。時於五湖外，仍作三山音。碧樹已霄漢，瓊島青春深。誰能最心賞，茅階五絃琴。國風解好色，此意君子知。自非明月懷，焉結霄漢思。一語溯惠風，陽春滿華滋。誰云九重遠，不隔雙羅幃。芳草有遺怨，拙哉兒女辭。卷葹一寸心，春色三霄露。潤以太古風，恐爲朝華誤。繁英鬥明豔，未暮顔色故。五彩爛晴霞，由來本芳素。微情契蘭若，未竟幽人趣。一卷付青童，雲籤冀深悟。

乾隆二十九年四月八日宫保望山尹公七十初度前一月有旨令於生日前進京隨晉綸扉仍命節制兩江殊榮異數史册罕有朝野傳聞稱爲盛事同舘老友錢陳群製絶句十六章即用相國紀恩詩元韻

多説三皇世似春，先生福命本天人。浣蘭瑞叶爲霖瑞，浴佛辰同生甫辰。

入相公歸尚秉麾，南州父老有前知。先生枚卜捷聞，江南父老僉云：『天子仍命總制三省。』已而果然。閑將運會推名世，五百年中此一時。

帝室公孤倚重臣，韓公雅自任經綸。韓魏公元勳盛德，樂道人善，獨不以經綸許人，往往自任。由來燮理非容易，翊贊昇平愛此身。

萬幾紛賾比恒沙，理國忠勤似理家。中外敉寧歌帝力，須知相業在桑麻。

熙朝典故夙曾嫻，四十年居環堧間。雪鬢蕭騷猶話舊，玉皇香案昔周班。先相國充會典總裁時，陳群以編修分任編纂，後與先生前後充日講官。

賜杖曾攜秋正深，六朝山色一登臨。主人早敕開鈴閣，不繫舟邊許重尋。前歲，兒子汝誠典試兩江。請訓日，蒙恩命陳群於揭曉後赴江寧，與臣子相見。時先生以勾當公事，星馳吴下，尊壼首行，命婦張夫人遵先生諭，遣諸子來起居。予亦入署，得遊林亭，夫人設茶果于不繫舟見餉。不繫舟，上御題賜額也。

故事鳴騶到玉池，舊例大學士由翰林出身者，到任日入院坐聽事。中堂先生以雍正元年舘選，由侍讀累遷至今職。紫薇花映萬年枝。番夷他日瞻顔色，拱手傾心却立時。用文潞公事。

特頒典禮應昌期，璀璨龍章爲錫禧。御書『韋平介祉』四字匾額以賜。無量恩輝無量壽，一時普照荷天慈。

新築白沙連邸第，早占黄色上天庭。兩朝公輔臣規在，物望多推張九齡。

翻階紅藥正芳辰，節鉞頭銜拜命新。朝野同時相慶賀，豐亨大有歲書頻。

我老狂吟興復加，閑來有夢到栖霞。三年前事猶棖觸，未得同遊僧紹家。壬午秋，先生遣弁來邀，云當會于最高峰上。及予入山，則先生已公出，未得如願。

皇士醫書莫漫論，九重霽語即春温。回思十二年前事，曾拜天家再造恩。陳群於壬申夏，忽遘沉疴，蒙聖恩遣醫賜藥，高厚難名。浹月未愈，力疾至御園，叩懇解任調理。上詔見，慰諭良久，即賜以詩，有『庸醫無大藥』句，又有『憐汝身日羸，壯汝神猶鑠』句。命痊可後，遣官送還里門。又出天廚所製粥，連進二甌，神漸安，自是病得減。瀕行奏辭，又賜人參及各種上藥，閱今十有三年，將八十，上賜詩有『聞說香山步似飛』句。此後延息，皆聖主之賜也。先生詩有『應知馬齒皆天賜』句，故并及之。

老健堪居親近班，方行臨水復登山。前休欲溯殷周盛，伊吕真成伯仲間。

嘉猷入告必書思，造膝康侯三接時。清暇濡毫賡帝作，先生餘事愛吟詩。

風飽湘帆穩似輪，年年述職覲楓宸。臣心皎潔如明月，上鑒皇衷下鑒民。

每聞召入便遄飛，雨洒征塵風颭旂。誰可代公勞聖慮，黄扉雖近且遲歸。

原作附

尹繼善

好景尤多在晚春，帝心垂眷古稀人。數千里外來温旨，特許趨朝爲賤辰。

三十餘年擁節麾，寸心無補寸心知。河頭驛路星馳日，已是深宫注念時。

端揆由來藉重臣，薄材那克贊絲綸。聖明自是優年老，老矣無能愧此身。

舊沙隄上築新沙，似此恩榮有幾家。說與兒孫須努力，兩朝父子領黄麻。

經術家傳詎素嫺，韋平虚譽播人間。翻階紅藥清嚴地，恰列先臣舊坐班。

蓬閬曾游院宇深，花磚日影紀經臨。那知四十年前景，白髮蕭蕭得再尋。

喜見華簪集鳳池，後先争發上林枝。至尊亦自榮臣遇，親向瀛洲到任時。

初度欣逢浴佛期，帝恩特爲錫蕃禧。頒來無量旃檀相，長對金光拜聖慈。

寶翰叨承凡幾次，久看瑞彩耀中庭。更蒙介祉題新額，御賜『韋平介祉』四字匾額。蒲柳從今望永齡。

曉日曈曨正向辰，謝恩争看賜衣新。微軀何幸榮華衮，拜舞還慚顧影頻。

仙廚玉饌賜交加，稽首擎杯泛紫霞。贏得都人誇盛事，無邊寵錫自天家。

命數評推奚足論，延年聖諭藹春温。應知馬齒皆天賜，駑鈍難酬秣飼恩。舊有星士，推臣命數得年六十四歲，上謂臣壽必不止此，嗣後皆恩賜之年也。

入直長隨禁侍班，從遊看盡好溪山。年衰步履蹣跚甚，時在龍顔顧盼間。

秘閣幾餘發睿思，正逢霖雨滿郊時。不嫌秃管無生趣，也許濡毫作和詩。

陛辭千里返征輪，回首雲霄隔紫宸。入覲躬承無限福，還思分與兩江民。

南國春初望六飛，喜聞父老迓青旂。承恩已許依中禁，將傍鑾輿扈從歸。

題索方伯小影

宦跡三年晉水涯，公餘曾訪叔虞祠。《水經注》：『唐叔虞祠際山枕水，上結飛梁，左右雜樹交蔭，圖景近是。』展圖聊用相娛慰，猶記尋梁憩集時。

纔過强仕閲清塗，宣布皇仁無處無。多少茆檐勞遠照，牟尼一顆一明珠。

茗事頭綱龍井泉，科頭獨酌致泠然。官文鎮日能遮眼，那禁吴山到面前。

可許高松同本性，還盟翠竹比虚心。五雲多處絲綸下，早見蒼生倚作霖。

耳鳴將十年矣近復目眩仲夏舟行夜坐船窗口占

耳内蟬方噪，船傍蛙正鳴。矇朧看月色，雲水未分明。

與采芝山人奕有序

山人名亮，吾郡右族汪氏女，父叔兄弟爲郡守郎官，咸有治行。幼閑媜德，能詩，餘藝皆以專授呈能。適費茂才南喬，杜門偕隱，自號采芝山人。讀予《香樹齋集》，愛之，願受業爲弟子，予嘉其才行，未之辭也。乾隆甲申清和廿二日，過予齋，與予對奕二局，各嬴半子。時老妻病初起，及諸女幼婦作壁上觀，歎爲絶藝。山人笑謂予曰：『亮十五六時，曾閲諸譜，今忘之矣。』問能琴否，曰：『吾手指甲長一二寸許，不忍去也。』意前身豈衛博弟子耶？

昔登太華峰，玉女不可見。中道訪衛博，崖谷絶攀援。側耳仰雲中，棋聲閉仙舘。謂當松下逢，招手揖佺羨。倦來坐幽磴，假寐攬霞幔。空際聞落子，姑婦各争先。自慚頑鈍根，小數且無分。一從病免歸，寄興時布陣。橘中有餘味，外喧更何慁。兹豈可藏身，遣閒聊用遯。家累仍攖寧，塵事況相坌。山人名家女，幽秉慕蕭散。結廬枕春波，耽隱莊鴻案。學畫師僧繇，徵士張瓜田，曾授山人畫法。俗派多盡浣。愛讀老夫詩，朗誦日幾遍。願執弟子禮，稍稍贄文玩。兩拜列後堂，談鋒亦雅健。試以架上書，答問頗貫穿。幼女拂楸枰，對局請一戰。予七女汝哲，知予嗜奕，請山人爲予手談。吾衰猶技癢，既駛復躁卞。山人不假思，隨勢自轉换。雙鬟報局終，神色有餘善。一再互勝負，輸子各相半。因之記昔遊，垂老始此面。時節晝方永，輕風散甲煎。斂容爲推枰，窗前日未旰。翻笑采樵人，手中柯已爛。

附

和韻　　汪亮

籛鏗商柱史，可想不可見。射潮頌武肅，狂瀾一手援。彭城苗裔賢，清望領六館。側聞母訓嚴，郝鍾世所羨。吾師幼承太夫人教。傳經復敦詩，朝野仰韋幔。紅餘寄繪事，妙筆誰能先。亮也樗散材，守拙任天分。行踪鴿繞簷，生計蟻施陣。近遂卜築心，俗情不教慁。衡門樂太平，匪曰耽嘉遯。展卷大樹陰，清涼遠塵坌。先生皐夔侶，養痾類閑散。晚栖履道坊，舊侍玉皇案。烟霞酒興濃，冰雪詩腸涴。偶爲名勝遊，春蚓題痕遍。嗜好殊酸鹹，卷軸足珍玩。摳趨賜杖傍，精力喜强健。敬聽玉屑霏，如珠一一穿。遣興捲疎簾，手談助茗戰。彈琴或遇鍾，抱璞無嗟卞。丁丁落子時，金井互變换。談笑解重圍，清風泠然善。兩局較盈絀，微茫各争半。轉憶王積薪，聞響再覿面。葵榴照眼明，活水茶鎗煎。對景發豪吟，午橋日未旰。啟篴揚仁風，墨華雲錦爛。

題舊袍

著向人前誇奕奕，曾從馬上想駸駸。作書墨點多沾袖，感逝啼痕半上襟。長短隨時終不改，瘦肥由我亦能任。松釵竹桁惟相伴，縱有名山懶去尋。

次韻答鎮之王壻

朝來伏枕但耽吟，結習終當好自箴。畫篋乍分新賜葛，樂籠撿與舊頒葠。偶攜謝客遊山屐，誰解文園病渴心。我老惟憂曠安宅，相期一叩話深沈。

快活和白樂天韻

八月三日，燈下喜王壻鎮之兄弟夜過，偶閱白香山詩，讀至《快活》一律，笑曰：『是何足快也？』鎮之曰：『快活二字，只就各人地位言之。香山境遇岑寂，只一生詩酒聲伎、園林山水討生活耳。若丈人爲之，當更有真樂也。』予不欲虛其意，遂和一首，並録樂天詩，合爲一册，寄大兒汝誠、孫端兄弟讀之，以自勉焉。

讀書氣弱神猶健，『憐汝身日羸，壯汝神猶鑠。』皇上賜假歸里門句也。今年七十九，而讀書不倦，此皆聖恩再造也，何日忘之。酌酒逢秋意似春。散漫要全麋鹿性，慈祥爲養宰官身。飯餘愛聽棋聲響，吟罷偏於蟲語親。說與兒曹須努力，待看頭白作閑人。時誠兒聞母病，擬乞假省視。今喜全可，眠食如平時，讀此詩，當憬然知傳聞之過寔也。此際自有快活處，惟惴惴然，瞿瞿然，不敢太康，或可尋真樂也。若曰傲古人以未經，則我豈敢？

鎮之壻每隨其兄士會過予劇論詩文上下古今多所衡評夜分不寐予亦無倦容昨所呈詩託意感遇頗見沈邃採其韻答之夫詩以言志志抑則沈沈而不鬱乃邃邃斯善矣雖然竊有爲兩生進焉士生寒苦又未遇多愁歎羇孤之感退之且不能免況其他乎予自十八

歲饑驅出門依婦翁檀溪編脩俞公於京師命助編摩事冬無裘晨興作楷手龜裂微行背人入窮市以青銅錢三百僅得皮袖手自綴於絮袍覺微暖明日鈔書如故然爲詩稍近悲愁即自斥去今二子遇與予相埒而詩文灑落不蹈古人居貧習氣予甚偉之生際良時貧賤固可恥拔茅彙征恥且不久憂何足云讀予詩或更有得志之所在遇亦隨之予詩其左券矣

悃悃會澹泊，可遇不可即。至理誰爲詮，善悟惟默默。中道絶攀躋，獨立企真得。明明入予懷，豈事求聲色。由來感知音，披露情自極。情極欲何之，振彼雲間翼。講德陳宗風，一播中和職。士會兄弟蜀人，故以爲勉。

崇明海隄告竣紀事

谷王雄東南，於廓天地變。鏁鑰東巖邑，桑田重遠徼。所貴海諸侯，清勤察生耗。我皇釐民莫，睿慮靡不照。河渠與海防，周諮必親到。大吏敬敷宣，水靈各順効。崇川沃壤區，環混江海澳。井絡高建瓴，萬馬放騰趠。歸墟互吞吐，潮漲日奔激。叶彈丸峙羅星，沉漭扼樞要。鯨呿鰲擲餘，往往困陵暴。及今凡五遷，安瀾纔稍稍。仁風嘘巨壑，重譯通舶趠。湫渀外拍天，妥帖内藏奥。吉貝蒸雲霞，風沙連井竈。邇聞大令賢，愛民如杜召。沙潊悉究心，溝洫早輸漕。捍禦衆成城，豈弟神所勞。長虹亘濛澒，天吴靖戾拗。海壖十萬户，衽席安不掉。耕鑿樂阜康，飽暖全啄菢。祝蠶沙户歌，踏浪漁兒笑。不知帝力忘，但覺恩波浩。作詩紀其事，聊用傳海嶠。

薤露歌爲查浦侍講前輩賦

一從丹旐返咸陽，踣地仍依履道坊。兄弟友生風義在，月明時有鶴翺翔。東坡别子由詩『豈獨爲吾弟，要是賢友生』，先生自言曾師事伯氏初白。

桃李曾留三輔春，平生種樹悟前因。即今誌墓兼題祏，似證當年步後塵。先生曾任直隸學政，今墓誌出海寧相國文勤公手。昨令子查學、查開兄弟邀陳群題祏，兩人皆後先視學畿輔。

清風長對碧山岑，水曲橋遮深復深。此日蓬萊蘇玉局，也應一笑寫遺音。

書法多傳黄絹碑，每逢勝地輒留詩。當年畢罡遊蘭若，曾賞先生春蚓姿。二十二年春，上駐西湖金蓮池上，見先生書韜光禪師答樂天詩元韻，有『何藉海寧稱好古，苕華重見碧峰前』句，註云：『詩爲海寧查嗣瑮書。』

三翰林詩

翰林皆名家子。予與厥父同官友善，各抱雋才，有聲詞苑，受知主上，朝右老輩數後起英彦，咸屬望焉。十餘年中，先後棄世。悲三子之脆促，躬遇昌期，不克表見，作詩閔之。昔顔延之生五君之後，景慕其人，借以自况。皮襲美《七愛》，則又各標名色，以美前休。三子聲名初起，年壽不永，他日有心世道者，揚詡幽滯，或於老夫集中，採拾一二。用光國秀庶，不虚歎逝，存舊之深致云。

蔣麟昌，倉場侍郎曉蒼公長子。予官京師時，所居接衡宇。麟昌年十五，能文工詩，予决其早成。二十成進士，授編修。一日，輪班直御園，上出御製詩十首命和，筆不加綴，移時立就。上拔三卷，則麟昌及沈歸愚尚書、裘叔度侍郎也。麟昌没二十年，操觚家猶録其館課，膾炙人口云。

東壁聞書聲，鄰並毘陵蔣。蔚然露頭角，高唱青雲上。應召直御園，賡吟邀激賞。同班擢三人，裘沈今存兩。斗黍無餘炊，錦囊留逸響。楚老一長歎，獨立已神往。

裘麟，叔度裘侍郎長子。予典試江右所得士。年二十，試南宫，座主錫山秦大司寇奇其文，歎曰：『章羅再生矣。數年前，香樹司寇典江右試所得元卷陳奉兹，才氣高老，久困公車。此殆是耶？』書榜時，猶以爲言。及拆卷，則麟也。又拆數十卷，奉兹名亦與焉。於是在公座者皆狂喜，歎新榜之得人，而益知予衡文之不爽也。入翰林，一日，上御門聽政，麟侍殿西墀下，上顧而器之。性孝友，尤篤於師門。予於壬申夏，忽遘沈疴，麟間日趨侍，尋假歸，出國門，時同朝祖餞者二十里。予病雖少差，頗不耐勞頓，麟與兒子汝誠，扶掖至潞河，未嘗少離左右。辛巳，予再覲楓宸，麟辭世已浹月矣。寒夜不寐，歎逝詩成，不忍終讀也。

端居落老淚，悼我豫章裘。十五中乙科，名字宰府收。二十成進士，主者賞不休。帝眷名家子，嘉獎超等儔。麟生直金殿，麟去歸玉樓。人間與天上，今古争文修。敚我藥籠珍，此恨惟悠悠。

田玉成，吾師陽城相國孫，退齋少宰子。幼與予少子汝隨、汝豐共燈火讀書，後侍少宰歸里，詩文綽有家風。館選，尋授檢討，益肆力於古，寒暑不輟。辛巳冬，少宰與予後先來京師，玉成侍其父詣予，雖夜分，猶分牋吟詩。嗚呼！侍其父，與侍其父執，如是而已。此予聞玉成之變，而摧悼無已者也。死之日無以爲殮，喪不能歸，予子汝誠與其二三同館友，經紀其事云。

師門失令器，哀哉陽城田。總角一摩頂，諸子相隨肩。十年歸面壁，賦字窮連蜷。條冰謝炎熱，禪榻寒無氊。戚戚身後事，付托同輩賢。偶然撿遺劄，能勿一泫然。

冷仙亭題壁

清秋扶杖謁丹臺，笑問先生一語來。若使畫門容我入，見金那得便攜回。

題熊氏三瑞圖

巽辰鬱丙舍，山脉趨東方。梅峰來迤邐，分支入豫章。寶林毓深秀，迴互水中央。協吉符原筮，兆基占後昌。造物握休應，餘慶鍾善良。邱封辨宰木，槐柳松柏楊。巍巍大司空，定宅山之陽。鸞車既諏日，孝感白烏翔。朱實呈顆顆，纖莖抽絳房。奇采茁芝蓋，童童垂九光。地靈表人傑，物華効嘉祥。孫枝起拔地，南邦徹土疆。吴山龍節駐，越水霓旌揚。培德承兹廕，展策樹國坊。按圖一徵理，此理非渺茫。

題金際和上舍秋錦圖小照二首

叢桂花開桐葉疎，涼陰一片襲庭除。軒窗日午了無事，秋樹根邊愛讀書。

筆典珠墳盡意研，閉門辛苦事丹鉛。華林七略曾親校，咀獵輸君尚少年。

題　畫

喬木翳流雲，微涼散清飀。峭蒨各藴真，蕭疎自離垢。獨往時復佳，小坐亦云偶。便呼竹爲君，更倚石作友。地偏致自幽，趣領性非狃。畫意得倪王，詩情悟韋柳。悠然已忘言，一笑樹生肘。

輓薌林相公

益贊書思獻，皐謨密勿陳。如何東壁月，用李泌事。勿映西湖濱。考行朝常重，飭終主眷申。平生感交照，老淚灑秋旻。

先後登華省，聯翩備屬車。和門分左膘，行殿接清裾。望重枚皐筆，人珍庾翼書。矢音歸大雅，論次獨慚予。先生手訂《矢音集》成帙，屬予敘次，以書致謝，有『尊製已正席，盥手書之』之語。

家兒隨杖履，藥籠備蕶苓。勤慎尊師範，文章拜典型。大兒汝誠成進士後，朝試蒙拔置第二。早蒙瓌頣比，辱以率更形。愚父子與先生同直祕殿，承以李嶠與蘇氏父子爲比。先生偶與汝誠論書法曰：『汝翁愈拙愈老，足下書姿性固拙，運筆又笨，惟臨仿不倦，方可換凡骨耳。』汝誠聞訓，即發憤攻苦，凡二年，先生復以小歐陽許之。先生與諸城劉相公皆以書名自任，予一日於直廬偶論後賢書法，曰：『近觀劉、梁公子崇如、山舟，姿態雅飭，恐有出藍之想。』先生笑掩予口曰：『里名勝母，曾子迴車。香樹獨不見《過庭書譜》耶？』同直聞者謂予知言。覼縷談諧日，餘芬在禁廷。

西平欣有子，庭訓式臣規。鰲禁推三筆，熊幡凛四知。培扶綿世澤，砥礪裕先資。定有恩綸下，門才蔚起時。

香樹齋詩續集卷十九

走筆題蓮溪八景圖

主人家在蓮溪上，水色環環勢沆漭。春風拂柳試剪刀，斗酒雙柑寄閑賞。舍南舍北蒸紅霞，問津人作桃源想。榆錢滿地日恢台，近局雞豚自來往。有時水閣聞荷香，荷花深處人語響。青溪忽見雁字斜，蘆荻蕭蕭挂魚網。夕陽古寺隱霜林，一聲清磬出方丈。朔風轉眼金僕姑，雪花片片如鵝掌。畫師蘸筆具四時，生意勃勃見長養。老夫乘興時作蓮溪遊，芒鞵藜杖乞作蓮溪長。

醉後戲贈鎮之

教學師資五六年，早驚賦字識連蜷。長鬚赤腳真奴婢，不信前身盧玉川。

孫婿沈葭士應童子試留宿荒齋口號一首示之

襆被相留旋馬廳，扶鳩攜爾數寒星。回思六十年前事，巷柝鄰雞欹枕聽。

題汪彝士垂釣長卷

憶昔訪老蒼，歡然屣爲倒。信宿林亭留，勝處必躬導。屬題挈黿圖，信紙腕一掉。雍正甲辰初夏，予以省母假旋，經邗上，令祖先生邀予及閉緑殿撰，小駐别墅。復導遊蜀岡，出名畫索題。予手不加點，即席以應。西曹雅好賢，恭敬非徒貌。托興寫辨鱎，寓意會衆妙。尊甫西泉太守工詩，與予友善，曾出《辨鱎》《觀泉》《解琹》三圖屬題。彈指三十年，令嗣雅同調。月卿澹蕩人，趺坐耽吟嘯。家兒千里駒，遊戲試垂釣。春晴天蔚藍，地敞景窅窱。沿溪柳眼舒，夾岸桃花笑。畫師亦解事，命意恰相肖。吾衰愧陽畫，時復偶趨造。絲綸世在掌，用致故人禱。

冬日薄暮泛舟郭西夜歸次鎮之韻

閑繙晉帖仿時晴，偶泛秋湖一櫂輕。年老遊偏成樂志，政平歲稔譜由庚。歸林遠鳥差池下，待月寒蛩斷續鳴。兩版城門初欲合，麗譙霜角起鼉更。

昨少保滋圃莊公以視海經過吾郡訪予荒齋云數日節相望山太保當以公務小駐吴門要來一晤予如約放艇九月二日會於胥江行舫索予作詩以紀相逢之雅少保出公門下末句及之爲滋圃發兆也

一水多情約放舲，早聞節相駐秋汀。人間召伯兼郇伯，天上文星掌法星。張丈刀兄仍舊雨，蘭橈桂楫當行廳。相逢便促題新句，爲紀清遊寫性靈。

纔枉鳴騶笑語迎，又乘五兩布帆輕。扶藜嘉會人如菊，吹帽微涼氣似醒。吉甫清風真好懿，南華秋水更移情。他年黄閣調元日，門下同官佐太平。

附和韻 莊有恭

每過鴛湖棹越舲，夜深猶溯白蘋汀。幾時横海能超岸，八月乘槎屢問星。恭年來八月有勘海塘之役。愧少張衡青玉案，喜登孫奭御詩廳。孫宣公奭致政歸，置宴御詩廳，謂親故曰：『白傅有言「多少朱門鎖空宅，主人到老不能歸」，吾今歸矣。』喜動顔色。如公樂順公堂額也。何修得，人傑山川信有靈。嘉興有還鄉水，上賜詩有『還鄉諺如約』之句。

同心倒屣遠相迎，兩兩香山步履輕。即事多欣還各適，談言微中醒人酲。時望山師年七十，公年七十有九。聞師來吴，即買棹自嘉興過訪。在天共應星垣象，顧我偏深館閣情。珍重贈言惟志感，勉從方寸且持平。

九秋訪歸愚尚書里第晤拙修宗伯承惠長律次韻爲答

偶坐筐輿鮮水邊，重陽時節菊花前。清秋詩本閒相證，細雨苔紋静作緣。試向此間論會合，更從何處覓神仙。山中驛遞如相問，爲報新來又一篇。

附原唱 嵇璜

閒訪幽居老樹邊，忽看騶從在門前。登堂握手無他語，小坐談詩亦宿緣。十載迴思天上事，三人同作地行仙。丹黄林色佳如許，尚記先生落葉篇。

觀劇雜詠八首

戊削雲衣綴五銖，沙彌十四有工夫。木魚聲裏千聲佛，婉轉迦陵一串珠。

一寸相思一寸灰，黄花滿地碧雲堆。莫愁林外斜暉落，自有蘭膏照影來。

松舍雲堂舞樹邊，争看小玉在鐙前。一雙秋水明如翦，其奈相逢髮已顛。

五十年前笑漫遊，馬文黑定壓班頭。今其弟子年非盛，相見江南正九秋。天津人。

清樽初上百絲陳，象笏排來字字真。我老蹣跚呼半臂，問伊可作侍書人。

偶然訪舊作清遊，不聽笙聽直到秋。今日主人偏愛客，儘教曲部自添籌。

從來逝水比流年，舞雪回風笑李娟。大都只在人擡舉，真賞終推白樂天。

花添人面三分白，酒似鵝兒一色黄。我醉欲歸留不得，滿船載菊作重陽。

輓秦樹峰大司寇

舊感三年別，新悲一夕深。竟虚臯益望，莫罄范韓心。經術傳家事，文章蔚國琛。白頭猶嘆逝，扶拜淚涔涔。

我病君親劑，生還應有期。予於壬申夏，忽遘沈疴，先生間日診視，幸得生還。昨聞君卧疾，縮地不能爲。帝眷虚專席，先生屢以疾辭職，上懸缺慰留。靈根秉夙知。幾曾求大藥，一乞庸醫。

檄鼠

舟行將十日，頗厭鼠黠，所攜卷帙詩草，竟爲所齧。予猶憐其饑也，敕廚人與以飯，竊見之來就，迴顧審視，若不敢嚥者然，怪之。舟人告予曰：『鼠善疑，懼毒也。懼以食餌之也。』乃爲是詩。

我怪舟中鼠，生身亦可哀。掓饑聊與飽，對食忽相猜。依木如憑社，殘書忍作灰。要知羊叔子，不是鴆人來。

恒上人與一齋金觀察後先受業於吾郡周别駕霽堂周没後三十餘年一齋參藩兩浙以察吏循行吾郡訪其子分俸入與之襄葬事復詣上人曰吾官於此而吾師尚滯淺土不急營墓穴無以勸學人敦三事也子與師同里閈且習其俗其爲我治之上人銜寒來董其事爲予言之因紀以詩

觀察清畿望，一齋籍隸京兆，爲右族。沙門素業英。上人幼習儒家書，長而能詩善畫。賜紫後，仍卓錫净慈方丈。自言游藝日，同奉一先生。桑户期前約，麥舟無世情。吾衰惟好懿，留以待鄉評。

熊滌齋前輩八十壽

秦淮江水色如銀，明月長庚伴老身。大曆齊名推早達，會昌序齒速嘉賓。張樊棋槊思當日，韓范經綸付後人。來往南湖頻握手，昇平歲月總如春。

家事文章七葉傳，南豐兄弟喜隨肩。油幢子舍金繒麗，玉笥郎君紫綬聯。龍節鸞書承色笑，湖雲山翠入詩篇。佇看珍從邀天錫，靈壽趨扶碧罕前。

冬夜解維西指從予遊者王壻鎮之七兒汝器夜深不寐適案頭有東坡後赤壁賦集其字各賦一首

凛乎飛鶴鳴，葉落木無聲。水應人歌去，舟從月影横。待霜客夢寂，舉酒夜遊清。俛仰時西笑，明將何處行。

懷士會客江右集前赤壁賦字同鎮之作

羡子西遊去，章江縱所之。有懷秋渚月，無盡客中詩。托響千山葉，流光一酒旗。洞簫吹不止，露下美人知。

恭和御製元韻二十六首

恭奉皇太后啟蹕幸避暑山莊作

火繖初移七月天，選徒諏吉正行畋。輕程警蹕遵前導，所輔風光上細旃。孺慕長依惟愛日，慈顏添壽爲秋田。匪今伊始昇平樂，從此應歌古有年。

降旨免經過州縣賦十分之三詩以誌事

皇仁及所經，三之一弗取。上體恤民艱，時巡所指，絲黍不累民間。雖年穀順成，猶恩免十分之三。前歲近畿歉收，發帑賑濟，出粟平糶，諸政並舉，猶免徵田租之半。至去年既收，猶加特恩免半，以休息民力。今年二麥登，百穀稔，則遵常例，免三以取，猶致丁寧告誡，以期與民共承天庥，進驩虞而登皡皡，裕如矣。免三爲曠典，何況十之五。年登恩尚加，篤念民力苦。損上以益下，豐樂庶可覩。果然今年秋，穹蒼惠霖雨。早得家兒書，曰大收禾黍。方可冀蓋藏，豈直足二鬴。批答期益勤，旬宣實責汝。昨八月杪，臣子錢汝誠從豐潤縣行廨寄稟云：『數月來，周循四路，秋禾較去年尤稔。』臣額手作信復之，且勉以益加體恤，以仰副皇上勤民格天至意。今恭讀御製，益欣忭云。再賡輦路詩，五備庶草廡。採之入屢豐，雅頌行當補。

賦得石戴古車轍

少陵書所見，箋解未鉤玄。昔有行車轍，今存古道邊。此中含至理，試問半茫然。灼識無沾滯，真言會貫穿。豈由兩馬致，不獨萬輪駢。似鑿深猶淺，如繩斷復連。安知石可變，不信土終還。曾記玉琊外，蜂窠得異詮。臣曾舟經豫章之玉山、貴溪諸山下，見峰腰有𦃃痕，斷續連延十數里。訪之居民，皆不能答。一老翁，年九十餘，謂曰：『此古𦃃痕也。』臣因誦蘇軾詩云『古來篙眼如蜂窠』，與杜甫詩似有印證。御製命題詮註，凡註釋杜詩者，俱未及此。

出古北口

鶻起摩雲趁曉晴，一聲畫角聽分明。年年玉塞秋時節，澗草叢花解送迎。
雲外秋山山外峰，北門鏁鑰古提封。開城父老香花裏，仰見祥光擁六龍。
睿情吟詠課奇嬴，出口新編署北征。不獨貔貅稽首列，百靈呵護也來迎。
黄雲千里正芃芃，關外秋成一望中。始信穹蒼垂象意，要將豐穰答皇衷。

過青石梁

虹勢雲根自屈盤，天然綿亘鬱青巒。山知駕幸陰開朗，雲擁人行窄亦寬。臣十五年前，每扈從過此，從車馬及肩輿擁簇，中不得前，亦不得後，隨馬足輪蹄得進。即進，任其所之，自然踰梁而就平地，如雲擁者然。自有秋光添珥筆，誰收山色到吟鞍。識塗老馬今猶在，一躍曾過未覺難。

小金山

要外聲聞悟佛言，須彌納芥尚能翻。江從地湧山如畫，此是禪家不二門。
誰將利劍削芙蓉，野鶴横空入古松。但水若皆歸巨浸，此江不信也朝宗。

玉驄緩策躋蒼苔，此日賡吟召馬枚。第一泉邊多望杏，願移天仗過江來。

至避暑山莊駐蹕成什

緩程六日至山莊，塞上人家計蓋藏。前導翠華方莅止，新秋愛日正舒長。八方就理因時乂，百穀今登較昨强。莫道山莊尋暇逸，萬幾咸仰一人償。

永佑寺瞻拜神御作

當年儉德法卑宫，十六心傳在執中。熙皥萬方沾聖澤，蕩平奕禩仰皇風。承歡自昔垂深鑒，上幼侍聖祖，即蒙篤眷。揚烈於今默效崇。遠至邇安長治日，車書敦行見三同。

出麗正門恭迎皇太后駕至山莊

紫塞神京北，安輿自在行。計程今日到，夙駕一鞭迎。養志惟康泰，逢年樂順成。萬方欽至孝，德盛孰能名。

泛舟即景四首

平鋪一鏡是新治，汨瀄循徐漲緑池。文沼當年成不日，至今民力便施爲。

秋池氣味自醃醃，不獨泉甘雨更甘。昨報池添三尺水，楫師本事仿江南。
白蘋紅蓼故依依，過鳥游魚無是非。幾暇閑吟樂魚鳥，由來道體寓潛飛。
秋湖輕槳擊流光，島嶼憑他花鴨藏。計日平江行問俗，蘭舟檥處進沙棠。

雨中觀瀑

噴薄垂玉龍，百丈何颯纚。助激雨淙淙，迸落林障裏。大米與山樵，合作成雙美。王蒙《觀瀑圖》，米芾《雨山圖》，皆世所稱名筆。得天本同根，注地終見底。棲霞疊浪翻，聲色庶可擬。臣曾奉敕遊棲霞，於疊浪峰下，見瀑沫濺石，松壽遞響，或庶幾近之。

曉

皇勤毖朝乾，求衣於未明。山中無庭燎，更乏廛市聲。秋爽侵曉入，嵐靄微騰騰。静與仁知會，此際真絶勝。待理每問夜，敕幾有常程。明鏡無疲照，順應副所呈。雖當農隙近，敢忘明歲耕。無逸本家法，萬方鑒皇情。

翥鶴三首

逸韻翩翩致更軒，高秋雲路會飛騫。胎仙本自謀生拙，粱稻難忘終惠恩。

山人解喚鶴歸來，文囿珍禽亦異哉。不與鸞鳳共阿閣，上清自有列仙陪。隨意入山飛不遠，一聲清吭一悠然。亦知瘦影非凡骨，絕似蓬萊舊散仙。

雜　言

雨中看山山色低，晴日看山山色高。鴻儒聳肩談邱索，老將祕枕矜鈐韜。禮鼠迎客拱而立，山雉逢人嗅而跳。影以步移多似此，無心遇之皆是矣。

秋　英

塞上多秋英，天藻繪其美。婀娜如佳人，幽澹比君子。可以傲嶺秀，可以壓湘蕊。露華裛猩紅，晚日射玫紫。憶昔扈從年，賞之歎觀止。掇英捋其種，曾貯行篋裏。江南春繁華，塞北秋麗綺。

題陳書長松圖

畫松不問種松年，鶴在雲中雲上天。天藻賜題孫子和，臣父子皆叨侍從，元韻從臣子抄寄，因得恭和。遭逢即此已空前。

春帖子詞

三階輝斗極，瑞氣靄璇宫。令轉金雞曉，歲辰在酉。慈雲映日紅。

蜚霙六出勒寒梅，江國家家望幸來。天上春光初到日，堯階蓂莢正全開。

銅雀一聲天下聞，黄雲彌野接祥雲。司農京兆同時奏，百穀齊登十二分。

恭進臣祖臣錢瑞徵所篆瑞日祥雲和風甘雨章謹銘

旦復旦，糺縵縵。福繁滋，功巍焕。皇承庥兮藹流昌，於萬斯年樂未央。

風從欲雨知時，澤既濊德亦披。聖則天兮曰茂對，於萬斯年樂清泰。

正月初九日登舟之武林同諸子作

小立船頭望遠天，老年人喜入新年。街聲報賽忙成市，岸草先春暖欲烟。偶約過從皆弟子，無多行李半詩篇。遥知七校初程路，紫陌輕塵上細旃。

元宵喜汪魚亭西曹攜席相餉即用予前韻以紀詩甚佳急付鐫工附刊續集復疊前韻爲答

江國連朝釀雪天，青旂隊裏過華年。前一日立春。酒深情話無寒色，月上雲霄帶紫烟。倚爾庖廚酬令節，借予詩本附瓊篇。明朝放櫂迎鑾去，寶刹薰壇尚慎旃。浙省恭建祝釐經壇於湖南净慈寺，群忝領袖，將北上迎鑾，以西曹謹飭屬執事壇中，以竢聖主奉侍慈雲瞻禮。

附和前韻詩　汪憲

春風兩夜勒江天，珍重春遲爲閏年。星動鉤陳占啟蹕，月明滄海覺生烟。河邊曉送迎恩棹，袖裏新題漫興篇。恭繹辛未南巡御製詩句意。迴憶驪珠符睿賞，每逢佳日敢忘旃。

椒園觀察餉二物賦謝

年時誤馬隨車日，唱遍銅街鏡聽詞。今夕清光照秋水，寒燈相對鬢如絲。右鏡

楚俗浮元舊得名，微霜輕點洞庭橙。當年侍宴重華日，天造元宵百福并。上曾於元宵節，召内廷諸臣，宴於重華宫，以『元宵』命題聯句。陳群得句云：『一氣雙丸轉』。上取筆信手賜對云：『元宵百福并。』時同直廷臣，歎爲天造，莫不欽伏。右元宵

嘉平廿有六日恭進臣祖臣錢瑞徵手篆瑞日祥雲和風甘雨章二方蒙恩賜題長律一首敬和元韻

阜財解愠正巡方，家用平康俊用章。四海咸歸九等則，兆民永賴一人慶。治安已奏猶無逸，宵旰惟勤篤不忘。申命自天開麗景，時晴時雨樂蕃昌。

首春訪歸愚尚書里第約同至蘭陵恭迎聖駕坐間出示除夕口號長律次韻以正

經學桓榮老愈淹，修眉廣顙一雲曇。詩篇行世百千萬，放翁句：『六十年來萬首詩。』年紀過予一十三。先生長予一十三歲。賜杖雙攜承眷渥，温綸同拜被恩覃。從今莫負探梅約，林屋叢中共結菴。十年來屢約探梅未果。

附原韻

沈德潛

四序除餘病尚淹，青燈枯坐似瞿曇。此身剩有筋皮骨，明日俄然九十三。學道半途年力邁，迎鑾近地主恩覃。潭山斗柄梅開日，可飲清香佳草菴。

恭和御製沈德潛錢陳群來接因成是什仍各書一通賜之元韻

預擬迎鑾泗水濱，天顔早覲展尊親。命於姑幕艤舟外，同見香山扶杖人。昨歲秋，恭聞皇上四舉南巡典禮，擇於新正三日北上，計程當在山左仰見天顔。尋奉旨，以臣年已八十，不令遠迎，可約沈德潛仍在毘陵相見。棧馬嘶風邀顧盼，澗松承露倍精神。平江雨足春波闊，堪比恩膏被澤新。上啟蹕南巡，所過直隸、山東、上下兩江、浙江各被恩施，視前次更爲周浹。

恭和御製賜錢陳群元韻

典籍唐虞身遇之，不嫌霜雪上鬚眉。畫圖早入耆英會，扶掖還頒靈壽隨。二十六年冬，命畫師圖臣像，并賜杖入朝，皆殊與也。要以書思供啟沃，敢矜翰墨富淋漓。未除結習真成癖，耄矣猶賡喜起詩。

恭和御製三和錢陳群田園雜興十首

自治功疎敢務聲，夙知猶恐晚無成。因衛武公詩，益自惕勵。萬年一遇文明聖，毗倚臣鄰當友生。

早傳花信莫頻催，小勒寒梅未放開。留待慈顔供一笑，六龍二月過江來。

企脚淵明縛稻柴，周陶潛詩意。每思好夢枕邊來。偶然延客添爐炭，自掃莓苔自撥灰。

望幸真成寤寐勞，朵雲深處首頻搔。三年前憶華胥域，頒賜靈瓜玉井桃。

和風盈野麥連畦，始信家肥是國肥。幾夜春燈花發穗，兒傳天語日邊歸。上冬之杪，臣子汝誠禀云：『昨蒙派扈從，許將到浙境，准乞數日省親。』

得見天顔爲恁遲，聖慈體恤力衰微。首春將啟蹕之時，又諭臣子汝誠云：『汝父年近八十，可寄信，弗令遠迎。』停雲日日船頭立，要借垂雲兩翼飛。

竛竮瘦骨本清寒，自許身單福不單。予告八旬詠藹軸，昇平更覺碩人寬。

姓氏詩名挂沈錢，鄭公終遂潞公年。一雙賜杖迎鑾處，同拜恩光自九天。臣與沈德潛在蘭陵恭迎，即日賜詩一首。昨奉旨同晉宫傅，復賜陳群一子、德潛一孫一體會試。

噪鵲聲高燕語低，登臨敢説步如飛。昔叨賜馬猶依棧，今拜衣垂詠帶圍。

四陪父老獻春菘，今年爲皇上第四次南巡。第一次，臣於侍郎任内，派出扈從。第二次、三次、四次，皆於迎鑾日，面奉諭旨扈從。臣子汝誠三次俱於各部院奏派單内，奉旨派出扈從過里門時，仍與在籍縉紳父老跪迎，亦異數也。暄負芹將意倍醲。聖主萬年慈大慶，瑶池猶許白頭供。

附臣子汝誠恭和十首　錢汝誠

譜出田家擊壤聲，俯賡三荷睿章成。郵筒珍重先傳示，飫領仙韶當攝生。臣每於直所恭録御製新稿，敬謹郵寄臣父。臣父奉到，或恭和，或敬書，中心祇好。嘗寄信臣汝誠云：『年來佩吟睿製，覺老去詩律漸有進悟，且體氣益佳，勝服仙家芝术也。』」

約得香山伴侶催，東陽春墅棹初開。謂沈德潛。姑胥地接昆陵近，詔許相將二老來。臣父翹望清蹕，欲於早春鼓棹迤北迎鑾，蒙恩曲示優體，詔於蘇常鄰近之地，恭迓法駕，並命與沈德潛相約同來，臣已傳諭寄南矣。

釜中甕蘛沸桑柴，夾道村童拾麥來。想見明年豐樂里，新篘處處釀無灰。江鄉村釀不用麯造者，俗名爲『無灰酒』。

陔蘭采采用微勞，蹕路趨扶敬抑搔。錫類恩光兼錫福，歡膺萊舞奉綏桃。臣仰誦瑶什，蒙許列扈從，俾遂歸省之私。明年爲臣父八十壽，臣汝誠得奉觴家慶，皆渥澤所賜也。

一犁春雨菜連畦，樓外烟濃桑眼肥。重對豳風展圖畫，當年人羡侍臣歸。臣父書烟雨樓耕織圖屏風，蒙賜題，有『侍臣歸老此居停』之句。

殊榮特爲慰衰遲，豢養臣慚報稱微。厚禄添將參餌奉，家音喜説步如飛。

芹私遠致翠筠寒，巖鹿分頒重食單。仙脯延齡天有約，壺中歲月與爲寬。臣父壬午之秋，恭進天然竹如意，蒙恩賜鹿肉。批答中有『服食延年，以俟清晤』温旨。

家居贏得俸囊錢，看徧溪山十二年。手採靈芝歌聖壽，三花合放紫微天。

酡顔相照燭光低，簾外春風賀燕飛。一室團圞瞻寶繪，蔭濃橋梓碧成圍。臣家曾荷賜《御繪橋梓圖》。

寫意田園到韭菘，仙毫點染墨華醲。惟將感激酬天藻，弁陋吟成職愧供。

香樹齋詩續集卷二十

恭和御製元韻六十首

恭奉皇太后南巡啟蹕三疊前韻

歲啟農祥祀用辛，乘時布德被群倫。青郊喜見龍旂轉，南國欣逢玉輅巡。敬紹文謨行體健，歡依慈豫福重申。清温每事皆承志，宵旰勞心祇廑民。豁免賦租單户感，省觀風俗有司陳。瞻蒲望杏村村樂，草長鶯飛處處春。江路謳吟霑澤遍，海壖擘畫拜恩新。『增築柴塘後，隨意加甃條石各工，俾資捍禦。』見諭旨。翠華所至占豐穰，兩浙三吴望幸頻。

二疏城詠古並論其事

賜金贏滿出青宮，置酒鄉閭望亦崇。往事盱衡發深羡，甘盤傅説是全終。

抽身及早不能留，若竟甘爲枕石流。終古純臣無恝置，可知巢許即伊周。臣曾和尹繼善詩，有『巢許不逢皋益輩，恐難安穩作堯民』。蓋巢、許本受知放勳，五臣佐治，既臻上理，方可林居終老耳。

勸經壇上正窮經，何事懸車旋馬聽。若使孝元通半部，西京日月可長寧。

于公宅詠古

釋之與定國，治獄民不冤。冤獄争不得，孝婦命捨旃。孝婦捨一命，里民飢二年。皇天無此罰，卓哉聖人言。積善靡勿報，如雨必溉田。于公識此理，治門容車軒。爲德而曰隱，何必當時傳。當時且勿計，後世更何論。惟良乃折獄，佞者何有焉。獄疑在誠求，明允益敬虔。獄冤致幽讉，今古何弗然。庭堅邁種德，勿祀任推遷。生際堯舜代，慎勿倚私偏。私者，有心賣法，高下其手，固干重讉。偏者，畸重畸輕，未得其平，豈臻明允？臣父子先後忝居秋官，每决庶慎，間有詳鞫，猶未當者一經。聖主指示，莫不輕重得中，歸於平允。即今林居十餘載，清夜思之，猶爲欽服。

望蒙山三疊舊韻

當年曾此見雲同，十六年春，臣陳群隨豹尾後過此遇雪。今日賡吟想像中。岱色青青連北澗，山容黯黯過東蒙。未逢五出霏微雪，已拂千塍明庶風。計日翠華南指後，春畦從此趁農功。

氈廬夜雨

計時應得雨，如望豈其然。霂霡霑行帳，飄蕭入遠田。祕鐘鳴處覺，清漏滴聲連。天賜春犁澤，風光起蟄前。

聽松菴竹爐煎茶三疊舊韻

九曲山泉勝醴泉，招提又試一回煎。筤編舊製傳都下，乳泛新香到佛前。宸翰每同儀鳳翥，春風初起箨龍眠。添薪續火誰參得，信手拈來妙義全。漪瀾堂見蘇軾詩。外繞紅泉，一勺何如竹裏煎。石鼎膚頑歸俗尚，月團品貴試風前。諸天花雨供簾捲，萬睿松濤醒鶴眠。吟罷幾餘更延佇，都籃韻事却雙全。

虎邱寺四疊蘇東坡韻

山塘振吴風，門户見峰嶺。踞勝斯得名，迤邐接閭井。春波環寺門，匹練光耿耿。風梳馨草木，雨潤繁蠅黽。生公昔揮麈，説法化頑獷。指點有餘閒，服物豈在猛。闔廬規伯圖，尚力以自騁。時聞石澗泉，流出聲嗚哽。遥睇笠澤寬，浩渺三萬頃。烟雲但變幻，風月留清泠。東軒想髯蘇，翛然吟興永。翠罨適來遊，芳甸娱晴景。綵斿拂花露，蒼嶼含雲影。時邁舉五巡，父老稽首請。

寒山千尺雪三疊舊作韻

銀河倒瀉匡廬山，剪取千尺成斯泉。丹崖翠壁不可上，但見噴雪難窮原。春撞晝夜未休歇，于理變幻空言詮。掌平石上數百斛，松長篠密相延緣。飛流濺沫垂净練，下注屈曲連澄淵。山寒水寒兩不敵，直訝積素留岩巒。瑶林瓊島列衆皺，梅花深處皆藍田。凡夫好事存勝跡，宸遊於此一粲然。青陽已轉滕六旆，匿影猶在泉石間。

石湖八首

鶯啼燕語自相憐，澹沲風光畫鷁前。憑仗五湖成勝概，烟波一望總如天。

行春橋影落中流，蘭槳輕撁荇葉浮。此日宸衷成茂對，青旗容與不驚鷗。

參政歸來晝錦開，南岡北垞舊春臺。劍南詞客曾相訪，檢校田園日幾迴。『南岡北垞』，見范成大詩。

雜興當年笑偶成，詩家遭際亦非輕。每於雲罕來遊日，三疊天章寫睿情。范成大集中《田園雜興》三十首，臣陳群曾和十首，經進御覽。丁丑、壬午及今春三次南巡，上俱賜和。君和臣詩，亘古未有，意外之榮，臣與成大實同拜奇遇云。

玉堤沙净拂鞭絲，柳外花邊小隊移。翠色輕風翻竹母，縠紋細雨唼魚兒。

一角居然千頃强，石湖分具區之一角耳。上方鐵鳳自迴翔。杜甫《大雲寺贊公房》詩：『鐵鳳森翶翔』。遥知半晌觀瀾處，勝入天台度石梁。

旖旎辰旂薄暮歸，新來社燕故飛飛。闔閭城外春巡路，一帶霞光列岫微。

瀲灧清光泛木花，越來溪畔漾晴沙。團團七十二橋月，佇望連宵滿兔華。蘇郡城外寶帶橋，每於二、八兩月之望，上應月行度數，七十二環洞中，圓光印射，每洞爛然現一寶鏡，俗名串月。好事者至期於石湖行春橋望之，洵奇觀也。

題烟雨樓

釣鰲磯畔搆平臺，士庶歡迎御舫來。石鼎體傳天上句，墨光香動畫中梅。前届陳設盆梅一株，上玩而圖之，世傳墨寶。乍看雨足春波闊，恰喜烟消霽色開。此日登臨問耕織，鵷行媿未効趨陪。臣奉旨先至武林候駕，臣子臣汝誠賞假省視，是日恭竢樓下。

降旨免浙省所有積欠並經過地方正賦十分之五詩以誌事

急公乃民職，正供媿有逋。多寡雖有間，稽遲總無殊。下詔概豁免，皇仁其至乎。況復蠲新賦，沛澤春雨如。一夫不獲所，帝曰其在予。懷保我赤子，如傷傷自無。省耕遵前典，所過與復除。婦孺俱歡顔，得賜今年租。嘉惠浙省民，俾遂飽煖圖。

視塔山誌事疊舊作韻並示地方督撫及司事者

沙漲賴護塘，豁如鵬展翼。陽侯弱退舍，不向金堤逼。六龍再蒞止，巡典籌民急。春霽雲自移，波恬水不立。大吏報沙痕，較前拓數尺。塘實恃以安，鞏固斯不易。海若感聖誠，效順引己責。未雨廑綢繆，指示早洞悉。柴塘且專脩，後可甃以石。深宮不敢康，實爲萬姓策。

閱海塘再疊舊作韻

式遵前烈固金塘，畚鍤臣民盡効良。瀾息珠光升貝闕，風恬旭彩繞扶桑。龍旂兩度蒙親閲，沙户千家得永康。牲醴懷柔昭景貺，海神供職自周遑。

觀潮四首

親臨觀海上層臺，海屋欣傳黄屋來。明庶迎潮成曲折，天吴掉尾自盤迴。

盈縮天生與月隨，鴻濛一氣總如斯。即今海不揚波日，遠帆來朝問自誰。重洋絶島諸國航海遞譯而面内者無虚歲。

昨於川上知吾道，駕幸泉林，得詩二首。遵海今看更不差。觀水於瀾得深旨，天機自運有神車。

夕汐朝潮皆不息，重波疊障必相仍。至人觀化推無始，直揭真詮是上乘。元韻字字珠璣，第二首推明化理，尤爲神妙。

至杭州詣皇太后行宫問安有作

海上鑾迴爲閱塘，承顔芝殿慶安康。一人孺慕心誠切，萬姓歡呼喜倍常。日麗金階瞻正午，春逢閏歲樂舒長。明朝鳳艦初移駐，湖面晴波展鏡光。

恭依皇祖巡幸杭州詩四疊韻

六龍四度幸臨安，浙水吴山展大觀。問俗桑麻頻駐蹕，瞻天童叟又迎鑾。金堤再仰神謨遠，瀛海中涵聖澤寬。繩祖時巡同甲子，三朝親見萬民歡。康熙四十四年乙酉，臣年二十，隨臣祖臣瑞徵，恭迎聖祖法駕於吴江道上。今年臣政八十，皇上四次巡典，臣隨至杭州，駕於觀海後幸杭州行宫，歲辰恰周甲子。

策馬登吴山

宸遊得大觀，高睇邈今古。春翠浮松巖，霽色澄海宇。碑深蝕苔文，路净掃宿莽。俯仰感霸圖，刹那争棄取。徒令員種靈，昭然千載覩。聖人樹風聲，彰善以爲輔。直欲計盈寧，豈止耕斂補。

瑞石洞

朝陽浮紫霞，萬笏齊拜下。飛來自何年，化人之所捨。犖确欲拏雲，窪谽疑神治。仄徑入瓏玲，規平架廊庌。時見丁鶴過，風輪疾於輠。翠罘爲少紆，振藻珠璣瀉。由來山澤精，瑞應歸仁者。

題六一泉

寶雲高僧廬，巖下鳴寒泉。惠勤惠思輩，情見坡老篇。方外成把臂，故交虚遊延。浩歌感秋髩，潭影空浄便。至今留公案，然乎其未然。玉壺照明月，千印皆成圓。杭人無遠慕，但識通守賢。愛蘇兼愛歐，屋烏相推遷。吾皇偶涖止，碧藻浮春妍。斯泉有斯遇，其理可悟焉。

龍井六首

壽聖標靈刹，宋熙寧中建壽聖院，蘇軾書額。春陰豁洞天。布金千載地，引勝百重泉。丹壁皆圖畫，清音自管絃。山呼迎法駕，一過一悠然。

怪石谽谺勢，何曾斧鑿勞。奇峰時一仰，真意自相遭。磴曲深紅蘚，松環湧翠濤。片雲飛不去，片雲，石名。屼立想孤高。

歕瀑寒飛雪，空山韻入琹。會心娱澹遠，得句寄遥深。嵐翠常依户，珠璣欲濺襟。幾餘還策馬，不厭屢登臨。

蓬壺塵不到，咫尺勝仙源。樵徑穿雲轉，溪流過雨奔。露芽春入貢，玉版筍名味同論。日午傳清磬，諸天無語言。

二老嗣風流，用蘇軾《過溪橋詩序》意。高懷凛素秋。澄潭空印月，秀嶺遠迎眸。歌嘯山遺響，烟霞迹可求。往時參白足，何處夕佳樓。風篁嶺側，隋時有夕佳樓，見《湖志》。

天筆萬鈞强，元音况老蒼。名山今際遇，此理會微茫。犬子遊曾賜，微臣願未償。明年茶事盛，扶杖看新篁。駕幸西湖四次，臣皆隨從，未獲一遊於此。臣子汝誠，昨曾奉敕到焉。

賦得春蠶作繭 得同字五言八韻

上甲風傳早，條桑令轉東。苑瓻徵繭卜，典禮待絲充。拜蔟旋歸女，觀腰已識雄。功能全六德，令必布三宫。辭箔行成室，躋巖漸就崇。經營真慘澹，密麗到邊中。冰雪挼挲净，文章纂組工。春三有忙事，衣被萬方同。

柏堂再疊蘇東坡韻

初種曾聞隋以前，聖人攬舊一怡然。雙株髣髴成仙侶，古貌荒唐閲歲年。堂以樹名堂已去，柏緣薪化柏猶傳。高吟睿藻題陳迹，名理超於文字禪。

竹　閣

欄檻通幽意洒然，蕭閑如到此君軒。蘇軾有《西湖壽星院此君軒》詩。嫩晴屋角鳩呼婦，細雨籬邊竹有孫。天筆雅傳兩太守，梅花香繞一孤村。參横月落千尋勢，試向文同索解言。

題林逋蘇軾詩帖再疊舊作韻

銀鈎蠆尾勢盤曲，秀句天然奪山緑。流傳遺蹟墨色新，尺幅價可抵尺玉。當時處士占孤山，高節清風振凡俗。匹如徑寸珠在淵，光氣熊熊遠能燭。揭來通守慕前賢，美斯愛矣如不足。遺篇妙墨沁心脾，饜飫猶嘗禁臠肉。林倡蘇和合璧完，遭逢睿賞爲採録。兩賢出處雖兩途，同工不嫌操異曲。芳躅去今七百年，逸韻依然在脩竹。試將蘇句續逋詩，似把春蘭並秋菊。

展癸未書和過溪橋詩卷再疊前韻書卷中

寶地焕宸翰，餘輝被山邱。和風拂琅玕，逸韻清於秋。辨才結廬處，芝罘會重留。苔紋篆古石，雲影涵深湫。嫩茶吐雀舌，新筍駢貓頭。窅𥥆空山中，盎然春氣浮。蘇子比陶令，誰分劣與優。清修愛元净，髣髴惠遠流。逸事亦足傳，曾聞過溪游。名蹟邀睿賞，寧有蕪没憂。

西湖晴泛五首

青削芙蓉曉放晴，大圓寶鏡湛空明。天公霽共天顔喜，一棹春波彩鷁輕。

桃花映日泛晨光，楊柳隨風拂嫩黄。帖仿時晴春晝永，便從湖面卜豐穰。

擘絮春雲散遠空，金猊香篆裊輕風。繞隄花柳真成繪，試問石湖同不同。『一堤花柳繪春天』，上幸石湖句也。

魚戲澄波任所之，汪洋聖澤有如斯。上湖恰值清明候，應詔何人是畫師。宋元名畫多有春明上湖圖。

一陣東風香滿船，木蘭芝蓋湧金蓮。校量華樸隨教罷，心賞湖山景物妍。有司製蓮舟以俟，上偶試即罷，曰：『非樸素本懷。』

再用沈德潛遊攝山十二首詩韻仍令沈德潛並錢陳群和之

綵虹明鏡

誰開寺面湖，清可毛髪鏡。山靈藴深沉，結此福地勝。尋梁一憩止，空翠互掩映。猛心赴躋攀，攝慮窮幽敻。娱慰即在兹，衣帶有餘净。循堤偶觀漁，悠然一陶泳。

幽　居

樂山愜天懷，初步驀其最。心遠會幽偏，坐貽静者兑。萬笏瞰林間，俯仰自向背。小矣探奇人，摩挲下堂拜。清籟傳空謬，韻澈聲聞界。妙諦悟無言，徙倚青豆外。

般若臺

精藍結雲根，嵌空常倚硐。化人無著相，留此上方院。遺象而信修，窮力自成願。谷簾石罅通，亂迸如珠濺。穿麓滙爲池，居然題野泮。緬想齊代賢，高眄一真幻。

桃花澗

山静春自妍，花繁豔非冶。碧澗初生肥，流影紅泉灑。空外蒸雲霞，深處藏蘭若。宸襟於此怡，一到一回寫。臣愧曾問津，終判仙凡也。壬午秋，曾奉旨遊栖霞。衰齡蹩躠，又非花時，僅一經過，未領斯趣。

紫峰閣

飛閣對奇峰，天然列屏障。既直方且大，具足光明相。艮止自神行，坤輿豈人匠。巨靈運幽致，傑搆更遒上。細泉碧已涔，洄洑勢未放。飛霞多卷舒，晨夕各異狀。曾延信宿緣，端坐猶緬望。昔遊攝山，信宿於此。

玉冠峰

山靈拜嘉稱，秀色上烏帽。比玉韞内美，切雲本幼好。得名豈近沽，譽處匪由釣。天題仰跳龍，林鳥同一掃。蘇軾《題羲之帖》有『天門蕩蕩驚跳龍，出林飛鳥一掃空』之句。亂頭時復佳，峨冠乃神肖。長揖禮章甫，佛髻同光耀。

千佛巖

靜壽徵至仁，即山即心佛。神通偶現千，名義終歸土。真覺悟如如，妙諦豈物物。何妨千瞿曇，同龕坐崖穴。來印天人師，陸海度寶筏。結趺依雲根，塵埃何足豁。

九株松

九松種何年，柯葉無改色。得地既選勝，蘊真自挺特。雍容如虞廷，揖讓立臣極。成周亦九人，同拜宣尼錫。望散相與群，冕笏欽遺直。盤桓撫其側，静言如踵息。由來天予壽，往往歸平格。

疊浪崖

煉石富賸材，疊此千疋皺。洶湧若波瀾，凹凸成起伏。遠望墨濤堆，近見銀鞍驟。松聲同赴壑，雲勢不歸岫。鹿過突而奔，鶴踏飛且走。時於深浪中，長嘯坐猱狖。

萬松臺

青松如端人，林立拱而肅。天風嘘清寒，延賞及梅竹。御製有『終古結三友』句。窅窱忘雨晴，峭蒨無涼燠。静移高閣陰，翠映古瓦綠。笙簧奏咸韶，逸響在空谷。

白鹿泉

涔涔濕草根，滮滮冒泥滓。引脈海眼通，卓錫泉流駛。時見雪色鹿，高卧雲深裏。豈惟藥物滋，餘潤餉數里。近泉及早收，更博山農喜。

最高峰

賜遊曾造顛，勉步力堪努。諸峰界山山，俯視見平楚。支筇聊當車，戒僕各迴馬。寸帆飛海門，匹練帶江滸。笙竽奏疎松，峕客露蹲虎。臨風誦天章，高睇邈今古。二十二年，上曾登最高峰作歌。俯仰上下，極憑眺之勝，能使讀者心目俱快。枯樹發杈枒，老衲傳魚鼓。峰頂有老樹一株，蓋千年物，僅存枯榦，將百年矣。乾隆二十年，修治攝山，樹復活，發滌甚茂。樹傍左偏，佛盧一間，有老僧爲臣言。歸卧紫邏間，有夢到天姥。

聖主四舉南巡盛典紀恩詩三十首謹序

乾隆三十年春，皇上舉四次南巡典禮，承慈志，從民籲也。先是，三舉斯典，晴雨時，年穀順，慶賞行，民大欣悦，聖母顧而樂之。二十七年三月，典禮將竣回鑾時，浙江萬姓咸叩頭，願攀留數日，泥首路旁，籲請者所至同聲如雷。上鑒其誠，諭以三年後，當奉安輿南幸也。百姓咸敬應呼萬歲。至是，封疆大吏奏請舉行，允焉，諭所司各先備儲偫。是年冬，直省大吏暨京兆尹皆報大熟，上額手稱慶，爰諏日啟蹕。其前届已頒恩旨，便民益下者二十餘條件，命照例舉行，復詳求民隱，於蠲租免賦，尤三致意焉。俾群黎均沾實惠，所過臣民，莫不喜溢望外。上虛衷延攬，猶咨詢無倦，具有陳請者，必采納施行。去年冬，大江以南久晴，河水稍縮，入春後，雨澤霑足，庶草蕃昌，河流通暢，菽麥早卜有秋，萬姓咸謂：『皇誠格天所致也。』臣忝舊史官，趨直禁近有年，珥筆記事，職爾。雖精力衰邁，不得以不文辭，敬仿古雲吹水調體裁，用上下平韻，得詩三十首以進，伏惟聖主訓示，臣陳群曷勝懽喜踴躍之至。其詞曰：

聖治昭回日正中，仁風賡扇萬方同。東南早切瞻雲望，天貺三年報屢豐。壬午，南巡事竣，回鑾，浙江萬姓歡忭，願聖主早舉四次巡典，上霽顔頷之。今果遂民願。

祈穀迎年首歲逢，躬親蒼玉與黄琮。曰諏吉日傳中外，侍奉安輿治具供。

此行原爲省南邦，畿輔東郊攬俗厖。蹕路經過先示信，計程匝月下平江。正月十六啟蹕，二月望後駐廣陵，即遡遊南下也。

畿北連年晴雨時，『畿西北雨，年豐稔已。』見幸避暑山莊詩。畿南麥秀亦雙歧。『兩年直屬有秋。』見督臣京兆奏章。

皇恩一例同春至，減税蠲逋樂可支。直隸、山東免本年地丁十之三，又豁免積逋三萬二千有奇，穀豆若干石，蓋因南幸及之，示一體同仁意。

九重施惠自清畿，徒駭而南達泗沂。優老引年還恤弁，所司頒給聽無違。經過處所，老民老婦及應差兵弁，各有賞賚。

盛世原無封禪書，鑾輿六至聖人居。岱宗闕里皇誠肅，德産精微致有餘。

旃廬行館略相殊，爲奉慈闈安且都。有詔嘉之仍予直，急頒内府所藏帑。直隸、山左所增置行館，上鑒其誠而給其賞。

皇仁特沛似雲霓，施惠應權齊不齊。上洞悉民隱，念因災停緩之租，及借給籽種穀石，概與蠲免，窮黎均沾實惠。歲首十行恩詔下，今朝歡笑昔災黎。

體恤官人爲大差，湔除小過樂靡涯。尋常本屬無瑕者，還敕銓曹晉一階。凡翠華經過，執事文武官有被議應得處分者，加恩勿治，其餘各准進階一級。

生長熙朝真快哉，老年民婦亦皆咍。月糧更有加恩賞，扶杖歡呼聲似雷。江浙民婦七十以上，俱依恩賞給。駐防滿兵，照應差兵丁加給月糧。

堯時鶉處舜時巡，周室懷柔及百神。稽古方行還述祖，頌兹肹蠁展明禋。鑾輿所指，河嶽効靈，百神奉職，上誠意感孚，聿頒祀典。

文明天子重斯文，獻賦陳詩比寸芹。遴選亦教存甲乙，也傳内府錫玄纁。迎鑾獻詩賦冊者，量頒緞疋賞賚。

觀海親來第二番，下捷護石敞三亹。備塘坦水增修築，西浙生靈盡戴恩。翠華臨浙，由石門直趨海昌，以示鄭重塘工至意，并多指示。

南天净土啟經壇，受祐延禧慶萬安。孺慕聖人崇孝治，諸天香雨下旃檀。駐蹕及經過處，所建經壇，奉聖母拈香，諸天同慶。

雲繞千峰露翠鬟，精廬到處款仙關。衢歌巷舞無迴避，真似伊耆上華山。

爲語諸生各勉旃，掄才初步玉生烟。單寒下士多增色，泮水橋門喜接連。詔廣童試額，並添選拔貢士。

采風召試振風騷，頒示元音律吕調。召試行宫命題，上每成御製示式，恭讀者人人欽服，遵奉爲金科玉律。兩浙兩江多擷秀，佇看紅藥發新苕。召試江浙士子可中書者有差。

行宫勝地敕行庖，錫宴猶申上下交。嗚豫君臣當盛世，湖光山色入絲匏。

碧霄有路首頻搔，天予殊榮爲解縧。耆碩甘盤皆裕後，童孫幼子拜銀袍。臣王安國、臣蔡世遠、臣錢陳群子、臣邵基、臣沈德潛孫，俱錫舉人，一體應禮部試。

示勖當官獎勸多，帝嘉庸作每成歌。感深肌髓榮華衮，心版鐫銘永不磨。上獎勵臣僚，輒賜以詩。人人感激，益自奮勉。

恩膏疊沛正無涯，恩外加恩更有加。仍予田租供免半，歡聲到處樂桑麻。經過州縣，免今年田租十之三。又加恩，均增至十之五。

供憶無煩更恤商，淮人踴躍樂輸將。加銜晉職傳褒語，量予遷除荷寵光。商衆踴躍捐輸，命加銜晉級。

濟糶先留十萬秔，千檣扈從往來輕。聖心體恤多周隱，量予增加察物情。添減漕船月糧，及扈從船隻水手工食，可謂無微不入。

循良姓氏盡書屏，通守監司應列星。遷轉量才多擢用，綠青朱紫詔彤廷。上於入疆後，加恩藩臬以下各官，因地擢用，至爲允當焉。

苾芬遺祀及諸陵，稽典抒誠肅豆登。更有明禋旌往烈，忠魂毅魄盡欽承。所過帝王陵寢及專祠，如伍員、卞壼、方孝孺等，皆遣官致祭。

清淑扶輿間氣留，一人管領此風流。香山居士東坡老，僧紹林逋占上頭。上獎賞風流，品題名勝，於唐宋詩人逸老，三致意焉。

蹕路薰風入舜琴，嶧山景物此焉尋。一從蘭舫經過後，岸柳堤花被澤深。回鑾由水路進七十二牐，至德州登陸。

駱馬分流泲水南，風光陽夏隱晴嵐。行人多説唐虞事，試採樵夫野老談。

漕河夙進水程籤，白叟黄童樂就瞻。月色如銀清曉望，雲端瑞氣映鈎鈐。

春光明媚燕喃喃，風送回鑾三月帆。績奏虞巡告成事，九重錫福萬方咸。

香樹齋詩續集卷二十一

恭紀恩遇詩十二首謹序

臣既羅敘此次南巡盛典，得紀恩詩三十首以進至。臣舉家受恩深處，浹髓淪肌，尤非筆墨所能殫述者。今年春，遵旨於常州境上跪迎，天顔霽悦，召見蘭舟，恩禮有加。即隨至錫山，命臣子臣錢汝誠隨臣至嘉興歡聚數日，臣先至杭州，臣子再留家中侍伊母數日，體恤備至，不啻家人父子。駕由海寧視海後，即幸杭州。臣侍直宫門，屢蒙召見，賚予便蕃，恩意稠疊，晉階宫傅，增食里俸，幼子臣汝器特賜舉人。長子汝誠於一月前命充經筵講官，旋又於京察本内，特予議敘。雨露渥於全家，禮數溢於儕輩。至於屬望親切，嘉臣以頌不忘規，吟詠謙冲，謂臣爲礜，而或過私心自衛，悚仄難安。臣讀《尚書·説命》有云：『惟后非賢不乂，惟賢非后不食。』蓋言相需殷而相遇隆也。今臣父子洊列卿貳，拜受天禄食矣，伏見皇上功德隆盛，衆正盈廷，永臻至治又矣。臣以衰齡栖息林下，愧無尺寸之補，涓埃之報，而龍光下濟，弱草仰承，言志陳詩，不勝慚感云：

艤舟亭外政成橋名邊，賜杖雙攜沈與錢。千億萬人齊仰聖，霽顔先接地行仙。上賜詩有『民數無央觀鑾路，就中遥識地仙來』之句。

兒年母訓感商霖，臣年十一歲時，臣母篝燈訓詁，讀至《尚書·説命》三篇，輒涕下不語。母異焉，跪而言：『兒願師之。』母曰：『汝立志堅定，當遇恩主鑒汝也。』今年臣八十，屢拜賜詩，有『頌不忘規』之句。白髮承恩遇更深。頌不忘規葵向在，九重特達鑒臣心。

此身再造受恩殊，三命循墻尚步趨。天語頒來誰不羨，曰臣有杖不須扶。每行宫侍立，上笑謂同直諸臣云：『看他賜杖，且可不須。』回憶十四年前，忽遘沉痾，上賜芝朮補救，乃得再生。

暮年宫秩忝頭班，自笑身閒心未閒。但矢涓埃酬北闕，敢云絲竹效東山。時拜宫傅之命。

臣年二十作經師，有子同官受主知。體恤衰齡精力減，銀袍特賜老生兒。一日召見行宫，上憐臣衰老，諭曰：『知汝課子及門弟子素嚴，今年已八十，精力未必如前，可賜汝幼子舉人，一體應禮部試。』感泣至不能語。

蒙恩曾直講筵前，御論親承記昔年。又見家兒初接武，周情孔思要深研。臣忝列經筵十載，進講經書十餘次。歸田十四年後，昨臣子汝誠又拜斯命。

平原書法掩功名，臨仿幾餘集大成。一卷告身真墨寶，捧來盈尺冠書城。拜賜御臨顔真卿自書告身。

得見天顔喜接連，兒扶爲語受恩偏。同時扈從南來者，多羨臣家樂事全。

今古明良獻納同，敢將簣土補山崇。臣心一寸將芹意，激賞時形天藻中。

偶然搦管當箋疏，跋識時經進拙書。自愧詹詹同蠡測，宸章猶説是過譽。

天上鈞韶樂部新，香山九老曲中陳。傳宣錫宴開行殿，猶問耆英會裏人。上於又二月十九日，西湖行宮啟蹕。十七日召見，命臣於十八日先行。是日，賜宴演香山九老，有旨傳宣未與。

恰逢舜典巡方日，又是虞廷考績時。勤職奉公臣子分，酬庸予敘到家兒。京察澄敘，按例舉行。昨見議敘一二品大臣名單，臣子臣汝誠與焉。

附 和詩　尹繼善

數椽書屋傍湖邊，明月清風不用錢。歲歲添籌長不老，更從何處覓神仙。

皇仁疊沛勝甘霖，大老尤蒙湛露深。屢獻新詩爲奏草，江湖廊廟有同心。

引年禮數比人殊，扈從曾陪共步趨。最羡康强腰腳好，登臨尚不藉人扶。

青宫保傅列崇班，增俸依然歲月閒。逾格恩施非意想，頻頒丹詔到家山。

從來課子勝嚴師，辛苦傳經荷主知。小鳳聲清齊老鳳，殊榮次第遍佳兒。

玉皇案吏憶從前，許樂田園不計年。雜興詩篇三唱和，自應搔首費鑽研。御製《和香樹田園雜興詩》有『問汝林居更底勞，每逢賡韻首應搔』句。

文章海内久馳名，愧我空疎學未成。寶筏幾番勞接引，新編手訂寄江城。

華衮金盤賜予連，從知帝澤總無偏。道旁嘖嘖皆稱羡，信是人生百福全。

江鄉烟雨略相同，却讓層樓望更崇。欲問仙村何處是，數行緑柳白雲中。

湖光雲影映窗疏，鶴髮咿唔日讀書。自荷天章爲祝嘏，庶幾百歲永終譽。紀述遭逢字字新，關心民事夏前陳。誰知寄傲南窗者，仍是先憂後樂人。拜辭御舸歸來日，依舊安閒無事時。搦管添裁新樂府，聲歌又遍里中兒。

李壻允中自武昌來出其尊甫蒼崖觀察遺觶相餉紀之以詩

李生黄樓來，手捧瑪瑙杯。澹黄照琥珀，淺碧明玻瓈。呼奚斟美酒，勸我進一巵。舉杯發深訝，忽忽記年時。汝翁官豫章，會我衡鑒持。予奉命典豫章試事，蒼崖觀察與予共事凡兩次，公餘小飲，輒出此爵行酒。公餘文字飲，兩人同飲斯。汝翁故大户，八百猶自咍。我年方六十，不用花枝催。別去二十年，逝水如一揮。翁騎黄樓鶴，我坐白板扉。夜夢有時見，醒來雙淚垂。持杯如故人，左右勿相離。每夜計三行，矧敢多中之。一杯受兩一，三兩乃適宜。倘行萬八千，百歲以爲期。予年政八十。命酒今夕始，蘸筆紀此詩。

采芝山人汪亮餉兕觥賦謝

采芝山人名家女，少日夢與麻姑語。飲以玉紅千日酒，更贏雙成爲伴侣。覺來跽陳慈母前，母曰母悖尚慎旃。仙家服食多延緣，幸勿干犯仙人鞭。我有兕觥童角製，鐫出江梅寄高致。夢中若更餉仙醪，酌以兕觥永作佩。山人藏此三十春，物换星移手澤新。今日稱觴爲我壽，榴紅蒲緑杯在手。我感其意笑而受，薄言盛之置座右，題詩紀歲辰在酉。

題汪東柱明經滋蘭圖

藝蘭人已去，展卷臭如蘭。長日楓林下，悠然得古歡。浣風一徙倚，坐石且盤桓。想見移情處，由來天地寬。

清和過嘉樹軒留小飲即席一首

偕隱訪初地，山人是采芝。眼明開阿醋，節候放戎葵。兕爵勞村酒，楸枰試局棋。薄遊有如此，不醉欲何爲。

寄懷楊佩之節相絶句三首

叱馭曾過渭水湄，監州自昔駐西陲。雍正間，予奉使關中，節相以監司駐西秦，往來分誼稱厚。立年便裕經綸具，韓范勳名信在兹。

關西清節有家風，啟後承先望更崇。特簡歌鐘安衽席，須教世世効公忠。

漢唐邊事到於今，聖化涵濡深復深。新舊提封皆萬里，宣威播德相臣心。

題黄節婦傳後

江夏孝童裔，前身是後身。事夫堅志節，訓子備艱辛。婦江夏黄氏女，年十五，歸葉贈公爲側室。贈公卒於官，婦挈三歲孤扶櫬歸，今成立，作令有聲。朝有旌揚典，門看綽楔新。賢明傳女史，流播白沙濱。

天中節前一日王生鎮之李生允中邀同守陂郡丞憲賓太守泛舟南湖晚歸用昌黎山石韻

南湖湖面風力微，乳燕拂水相鳴飛。薄遊進榜始此泛，緑陰如潑菱芡肥。苧村荷葉鋪萬蓋，呼童折花花尚稀。農夫望雨如解渴，故人話舊忘調飢。相將攜手上古閣，守僧爲我啟清扉。俗書仰邀天筆賞，雲烟射牖光霏霏。樓中陳設，拙書最夥，皆數次經進御覽，奉敕藏弆者。都籃茶具雜美酒，機鋒軟語時成圍。暑風輕涼遞檻外，臨流徙倚添生衣。迴翔遠鳥各栖息，閑放老驥遺韁鞿。如鉤新月掛高柳，水響夜伴漁舟歸。

昨聞望山節相以公事來吴門擬一棹奉訪話舊言别適以他事未果仲夏十三日夜坐喜接來椷詞致勤懇是夕不寐依韻爲答

梁月今宵眼倍明，況頒牋劄更多情。人間到處尊霖雨，天上由來重晚晴。四紀論交如一日，八旬話别見平生。新篇策我殷勤意，翦燭賡吟氣味清。

膠漆須教四海知，用少陵詩意。衰齡常恐負良時。表彰慈範流風遠，屬望家傳保世滋。昨以御題先母《夜紡受經圖》乞詩，承製文一篇，極揚扢之雅，中多敦勉愚父子語，不勝感佩。綸閣如絲資啟沃，騷壇一瓣在風詩。故人海角勞清寐，願拜雙魚慰我思。

附原唱

尹繼善

每一相逢眼界明，别來眠食總關情。鶴棲喬木陰逾茂，山帶斜陽晚更晴。破格殊恩榮大老，公今春蒙恩晉加宫傅，少子特賜舉人，誠異數也。稱觴幾輩見門生。於今又届添籌日，遥羨松窗杖履清。

尚有登臨興可知，曾誇腰脚似當時。心親那慮湖山隔，樹老均蒙雨露滋。到處閒雲爲舊侣，幾人白髮寄新詩。停舟遠望無他祝，可許重來慰渴思？

八十初度自題四律

詔許歸田十四年，疎慵故態且依然。按時晴雨分憂喜，遣興謳吟當管絃。丰格畫圖傳白傳，耆英面目在淩烟。老將至矣不知老，猶作蠅頭日幾千。

胸中一物不曾留，勝水名山到便休。體氣動關家國瑞，『神明不衰，惟國之瑞，加太傅。』恩諭中語。詩篇要與鬼神謀。誨人但覺身多過，戀主惟思恩未酬。閉户喜聞寬大詔，餘生此外更何求。

得意偏於即事欣，友朋持贈展拳勤。文消殘債如春草，書湧奇姿似夏雲。每以善忘遮儉腹，敢將曾歷説多聞。生平城府何能設，不是薰蕕總不分。

暮年托意在雲端，生際唐虞尚素餐。迂拙許身慚稷契，林泉擁禄愧鵷鸞。遭逢要得詩書力，温飽寧爲婦子歡。願共兒孫瞻上理，好憑時樂報平安。《南海異物志》：『有時樂鳥鳴云：「太平天下，有道則見。」』

題李上林上舍小影

晚近忘年友，吾交得李生。襟期秋共爽，心跡水同清。從政行將試，論詩似夙成。予衰猶拭目，遲爾遠前程。

題李漪亭臬使秋林小照

秋巖敞高棱，木石含清淑。蘿壁多白雲，逸響激脩竹。趣領有契虛，意適信根夙。延賞淩煙霞，豈必遠案牘。心懸冰鏡清，氣凜蒼旻肅。磊問想襟期，爽朗見遐矚。公餘寄披吟，家事富卷軸。藝林望龍門，方外交白足。偶寫邱壑姿，一豁看山目。擇勝如是觀，怡情即林麓。

題程氏逸園圖

當年扈從靈巖上，曾式潭山孝子廬。今日卧遊長卷裏，一簾香雪一牀書。
名園幽寄太湖濱，變换雲煙朝暮新。畢竟問誰當領略，能詩老健太平人。

題南沙相公畫木芙蓉

東閣思賢日，西清握管時。粉勻呈笑靨，墨瀋露華滋。逸韻騷經採，秋風江上期。何須感遲暮，自有美人知。

題孫丈小照

虞仲山邊客，羲皇以上人。有孫能養志，錫誥早榮身。芝徑煙霞接，蘭陔草木珍。何當重相訪，共話太平春。

題汪丈介思漁樵問答圖

邵子漁樵話，陶公形影詩。生逢堯舜日，共享太平時。許斧尋山麓，仙舟傍水湄。山深回轉漫，水闊得歸遲。與我周旋久，逢渠那便離。行縹雙足具，答篬一竿支。容我伴翁老，山農兼釣師。寬然隨俯仰，百歲共相期。

題恒上人逢渠圖

贈答陶公亦異哉，駏乖騰化漫相猜。閑行一衲無心會，參破詩家公案來。
偶然獨往自如如，與我周旋定不虛。月下水邊風動處，問渠若箇是真渠？

壽王西畦八十

漢廷卿相佩瓊琚，名重王生結襪初。知己文章交兩世，懷人風雪寄雙魚。消閒自種陶潛菊，遣興時繙大令書。他日壽民容作伴，恒山山下遲安車。

隨園圖

雲水忘年友，林亭不速來。罷彈通化理，忘餌絶驚猜。仙散遲賢路，家浮共酒杯。太邱多世德，吉甫盛門才。南極一星見，園屏兩版開。籛孫爲載筆，五緯應三台。

竹墩沈生兼山承其祖父命來問起居兼乞予授作書筆法留信宿辭去示之以詩用鎮之王壻椒岳從孫韻二首

時彥吴興盛，就中沈氏多。老夫忝世好，之子數來過。文望歸三筆，詩名壓小坡。自慚王内史，書法换群鵝。

寒齋三日雪，心跡付村醅。何意苕川子，居然一棹來。芙蓉秋士怨，荷芰美人媒。剪燭談深處，燈花暖欲開。

題朱南湖觀察看山課子圖

廿年宦跡對孱顔，遮眼官文那得閑。吉甫贈言原有意，須知課子即看山。尹宫保入相時，南湖令子名慧昌，宫保所命也，年八歲，頗見頭角。予奉旨賜遊棲霞，與兒子汝誠會於江寧公廨。南湖令慧昌入侍，取架上畫册，畫繪古人故實四十頁，慧昌按圖解釋，無不了了，座客大奇之。時尹宫保入相，慧昌送别，謂曰：『昔命汝名，今日還命汝字，字之曰似山。』蓋深器之，以己字望山也。

要從欽恤奏平反，聖治需才重臯藩。我老題詩學張老，朱門高大似于門。
昨宵話别挂輕帆，又寄雙魚索報椷。説與似山賢小友，明當扶我上靈巖。

題姚丈獨寐圖次尹望山節相韻

寐寤獨可貞，泉石抱初矢。求友得澹人，卜居遠喧市。豈無弓旌賁，肯以彼易此。予憶扈從南，曾訪梅花里。辛未春，予扈從南來舘舍，與先生清齋鄰並，退食時每一過從。一瞥十五年，眼中人老矣。翁本積善門，坦坦道自履。我昔慕以人，程才及令子。參藩好聲名，興歌傳樂只。子舍起南州，承翁色笑喜。香爐茗椀間，插架富經史。薫德交公卿，節相望山、滋圃大司寇、階平少宰俱有題詩。念舊隔烟水。披圖揖故人，屈指别曾幾。梅雨夜浪浪，假寐來夢裏。題詩溯夙昔，穆然懷彼美。我老寡所酬，心静水之止。近來學坐忘，庶乎求形似。三復碩人篇，嗒焉漫相擬。

餞秋并序

春秋佳日各九十，送春作詩，古今人争妍競秀，義復詞重。獨無餞秋之作，因題一首。

秋士翻嫌秋去遲，感予白髮一題詩。聲依孤雁斜陽外，淚灑哀蟬落葉時。把酒放懷惟盡致，登樓遠望復何疑。尚留難老秋容在，獨向霜前吐異姿。

題舍弟界所遺畫幅

宦蹟多傳風俗厖，公餘游戲試秋窗。白楊花草元章木，半在秦關半楚江。

賦得門鵲晨光起

此少陵《客夔州，宿西閣，曉呈元二十一曹長》詩中句也。偶拈此課諸生，擬省試體六韻。諸生以題義難解爲苦，請予先之。予亦不能成六韻也，僅以五律塞責，爲之一笑。

寒江初雨歇，霽色上朝暾。侵曉披衣起，消閒把卷翻。鵲栖如戀閣，客意獨當門。却寄懷人句，相思戎馬存。

賦得經訓乃菑畬限經字

有獲宜從古，菑畬在六經。昌明原履坦，邃密務搜冥。要識學先耨，方知仁可型。朝鋤曾挂犢，夜讀或囊螢。孔壁傳絲竹，堯章煥日星。他年期待騁，珥筆侍彤廷。

年家女王汝琬予同門友樓山中丞女字泰和令廣安鄭進士修能詩能相其夫以循績聞友于兄弟且能誦老夫詩前後集計四十卷凡三千首悉爲研朱點勘置棐几間其弟汝璧予壻也時將赴南宫試訪其姊於泰和官署詩以送之兼寄鄭明府夫婦讀之知中丞公身後汝璧兄弟奉母來浙十年中棲止予宅同甘澹泊學業日進相與有成中丞有知當亦默鑒云

面有未相識，情應分早親。芳閨重先友，四海更何人。幼弟來孤露，尊慈善守貧。讀分東壁火，組賃後街紃。疏俸惟推解，韓金備炭薪。敢云仁者粟，爲展故人勤。毷氉趨皇路，風雲觀國賓。予節俸入爲王壻洎其兄汝嘉以例貢於太學。是年汝璧魁京兆榜，汝嘉被薦未售。鵬飛猶暫息，荆璞會同珍。骨肉依原切，葭莩附可因。大家班氏最，荀令蜀中循。吏局資賢助，交遊定有神。衰齡聊賦舊，後起發硎新。剪燭宫齋夜，音遺琴水濱。

風蘭毘陵族孫女，進士之妻，幼能詩，所著有《浣青集》，曾賦此題，請予和其韻。

尋芳瞥見素心人，出世丰姿空谷身。舉手高攀成小摘，閑情作佩悟前因。根連空際多離土，香灑風前自絶塵。多分前身是朱草，題詩欲一問湘神。

冬泛

寒色射朝暾，循壕出郭門。墻清雪後影，水縮凍餘痕。屢涉街坊熟，經時故舊存。吾衰猶自喜，但覺賜裘温。

峻菴大中丞以會讞來禾公餘過訪喜贈二首

東巡扈從憶當年，馬上相逢揖大賢。喜共談諧隨豹尾，早占位望識鳶肩。論交鄭重金聲比，載道勳名竹帛傳。歲晏公餘來話舊，真如雪夜子猷船。

江南開府髮如漆，硯北尚書髩似霜。用漁洋贈綿津山人詩意。昔贈雙魚勞遠使，今移專節近吾鄉。與論治道扶根本，更挹名言見老蒼。他日探梅乘興去，好携賜杖訪滄浪。

御製貫休丁觀鵬先後所畫十六羅漢像讚恭識

貫休、丁觀鵬先後所畫十六羅漢，俱得御贊。臣陳群敬謹繕録，合十恭繹而識曰：

惟阿羅漢，繇佛而成。辟支其行，聲聞其名。初參自了，終得上乘。同來震旦，曰八百衆。諸仍切天台石梁，錫履周旋。松倫切宗風既遠，執像圖形。問誰善繪，立本道元。叶僧繇楞伽，蹟著金庭。孰臻神妙，得得來僧。貫休，一號得得來。龍湫晏坐，雁蕩經行。天台有晏坐峰、經行峽，見休《畫羅漢諾詎羅贊》。其他流衍，蘭若光騰。聖人御宇，寶樹長榮。五百尊者，現萬壽山。疏簪切行住坐卧，變幻縱横。視錢塘者，色相峥嶸。天章作記，燦若日星。《御製萬壽山五百羅漢堂記》，臣曾敬繕恭贊。爰稽諸典，法住梵經。國師玉局，並采傳真。各標法號，名位以正。載徵秘府，古墨充籯。月禪老衲，磅礴斯憑。觀鵬奉敕，稽首摹臨。各詮其義，轉兹寶輪。一贊再贊，鷲嶺風清。園成歡喜，鳥聽迦陵。矧臣鈍拙，功德難銘。願告學子，遍護華靈。永延繁祉，廣被仁風。閆承切

春帖子詞

紫陌春光早，璇宫愛日長。一人隆色養，萬彙慶繁昌。

三白年前告瑞霙，玉衡曉正泰階平。歲逢丙是文昌兆，又卜春城桃李榮。

壽紋香篆靄祥烟，海宴河清瑞應駢。聖德醍醐民物阜，五風十雨釀豐年。

次答從孫籜石學士寄懷之作

驛使馳來有報章，開當雪後見春光。上陳和霽君恩重，下溯綿延祖澤長。新命大江傳繼美，舊題高閣憶重陽。江南上届兩科皆誠兒主試，今籜石又繼新命。丁卯，予典豫章試，籜石以諸生從遊九日，同上滕王閣，檜門、心餘皆在，即席賦詩。懷人多在柯亭際，有夢還應到玉堂。

自笑長溪一退翁，全家猶眷睿情中。葵傾暄負衰齡願，問俗陳詩盛代風。觀我寢興無間隔，泰交上下本流通。時蒙恩命，准兒子汝誠歸來侍養。狀予五十年來事，一語真堪比化工。來詩有『萬端常在一心中』句，寫予自筮仕以及懸車以來，日夜悚惕，無一念自懈，情狀殊悉。

附原詩時銜命典試江南，行至彭城郡郵亭所寄。　從孫載

汗漫曾隨使豫章，皇華今幸也秋光。卅三驛過思公切，十九年來望我長。小舘卸衣仍雨後，明朝分路向滁陽。自第一程固節驛至此，皆丁卯隨公江西之路，明日西則江西、南則江南矣。里居晉秩君恩重，賢子新歸築養堂。

賜杖圖形八十翁，萬端常在一心中。若論上世多陰德，何以諸郎有父風。老柳枝邊班馬戀，清淮口處鯉魚通。此行已待祈江瀆，培覆真難答化工。康熙辛酉，吾鄉朱檢討典試江南，誓於江神而渡。載齋三日渡江，祈禱於江神，願益心智，則神罔不鑒之。

大兒汝誠構宅雙溪之西溪産嘉魚偶得一尾奉予味甚鮮美因題一絶句

雙溪橋外碧粼粼，子舍新開傍水濱。尺半嘉魚迎溜上，天教付與卧冰人。

社日觀種盆荷

夢中過太液，玉井忽翻身。爲讀愛蓮説，先呼擔水人。出淤蛇起蟄，應社燕來賓。濁垢何

能秘，清空自拔塵。要培君子德，留與老夫親。數日風光好，連錢點白蘋。

和熊滌齋前輩再宴瓊林原韻

珠官蕊榜慶重新，南極遥瞻見老人。酒潤酡顔增寵渥，花扶白髮倍精神。三朝國老尊前輩，兩浙封疆芘後塵。天賜恩光歌湛露，上公主席一家春。

笑予結習尚留傳，眼熱看花六十年。選佛却逢天誕佛，衆仙同拜地行仙。冠簪門第清逾顯，松柏丰姿老更妍。盛事好憑彤管述，他時經進續新篇。

題許默齋太守連枝圖

春草池塘有夢通，永懷情緒托虚空。今朝圖畫看相對，如入楊家帷幔中。

曾繪桐陰共讀書，當年季也亦嗟予。十年前，舍弟界没於施南府丞任。予作《桐陰讀書圖》記兒時事，以志相憶。凡今宜莫如兄弟，似爾凡今更莫如。

至行瑯琊晉代賢，卷中真意亦堪傳。若教泉下生還目，一帳相依十九年。用王脩事。

新秋喜得問亭宫保手牋率賦二首即用次文安縣懷家兒汝誠詩韻

安車駟馬各分飛，長路勞君遣送歸。辛巳，予以祝釐留京師，與宫保同直宫門。既而辭歸，宫保亦還保陽，塗次復遣弁送予至山左界。老去沉吟猶未改，昔時豪邁已全非。月當裛露姿逾潔，菊爲經霜色更肥。回憶過從留子舍，暖爐炙酒簇成圍。宫保訪予子舍，留飲，是日寒甚。

雲裏征鴻直北飛，今朝片羽喜南歸。新詩却寄因懷舊，宵夢相逢未盡非。松茂由來知柏悦，民勞那忍計身肥。尚留老眼惟延佇，共見昇平詠帶圍。

題嵇留山先生抱犢圖

先生少隱支硎山，清骨欲到蓬萊班。曾求寧戚相牛術，抱犢絶似山農閒。經兼耒耜笛椽竹，誰歟侍者來雙鬟。儒生應聘走閩嶠，勒馬一問熊羆關。虎鈐玉帳抗賓主，秘論不作陰符看。軍烽夜紫落星赤，奮臂獨出雕弧彎。膝行帳下豈男子，面唾幕上麾高官。事異温序失歸路，節同袁掾空撫棺。先生忠義如皎日，國典褒錫垂淩烟。韋平相業表世德，生祥下瑞何綿延。群昔乞假返長水，曾侍壽母沙棠船。召群侍坐述往事，慷慨覶縷發長歎。言已且曰慎勿忘，他日史筆看斕編。雍正間，群任編修，乞假歸，時相國文敏公任河帥，太夫人從中州官署回錫山，同泊河干。群侍母過舟中，太夫人命侍坐，與言先生盡節顛末，及太夫人訓子成立苦節。群母聞之淚下，太夫人謂群曰：『子在翰林，有文名，其爲我記而傳之。』無何假滿，承纂《昭忠祠列傳》，群名與焉。即今彈指五十載，携圖訪我來文孫。見面促迫索詩句，再拜一覩冰雪顔。此圖藏弆却晚出，圖中作者皆耆賢。世人但賞仙人服，安知正氣不可攀。身騎箕尾歸碧落，此致千古留人寰。中丞一詩成不朽，圖中有范忠貞公手題詩。群也三復俛首無間然。

饒霽南年友假還南州過予里居出示張鏡壑閣學所畫秋山策蹇小照陳句山銀臺爲題四絶句即用韻以贈

還鄉得假似山遊，霜雁南飛正晚秋。猶記大羅天上事，非烟親見殿東頭。用韓魏公事。霽南以殿試第二人及第。

新詩一卷訂南征，風飽蒲帆五兩輕。我老端居憐舊雨，今朝見爾作苕生。霽南與蔣編修苕生，皆予丁卯所得士。苕生前兩日從蕺山來訪。

生計無多一罍空，文章聲價在仙蓬。期君早致青雲上，莫效衰齡畎畝忠。

兩度昔看盧阜面，廿年前是宰官身。舊遊如夢何時續，五老能無憶故人。

九月十二夜月

今夜深秋月，華滋似可捫。清光流雁背，寒色上和門。時上將自木蘭回熱河。豈止共千里，因之寄一言。悠然成獨立，徙倚到黄昏。

再詠湯婆子

香泉爲爾浣輕塵，包裹奄完總率真。專席且休嫌自薦，得人不暖况無人。

香樹齋詩續集卷二十二

恭和御製賜題畫册計十幅

鷗波而後推能事，藝苑新添偕隱人。廿八驪珠傳朵殿，修篁古木倍精神。右《古木修篁》

老沾天禄作晨飧，至味難忘是菜根。詔許學耕還學圃，蔔頭生子芥生孫。『蘆菔生兒芥有孫。』蘇軾句。右《蔔芥》

好鳥依林擇好枝，清和景物日遲遲。天題御墨親標後，晉帖風流正在斯。王羲之有《青李來禽帖》。右《仙果仙禽》

御園清暑每分甘，盧橘楊梅味共參。記得當年曾拜賜，擎來奉母亦三三。右《夏果》

團團小犬尾娑娑，安堵人家熟睡多。天藻即圖還指示，職司防禦意如何。如《卧卷》

蜨翅花鬚各鬥奇，化工在手一絲絲。傳神阿堵天題濕，鑒徹調脂配粉時。右《墨蜨荷包牡丹》

古石玲瓏古木森，翛然共託歲寒心。幾餘一賞孤高格，忘象忘言自在吟。右《怪石古柏》

西湖蓴菜五湖蝦，水暖風輕聚落花。憶得蘭橈移翠罥，蘋洲柳浒翫清華。右《春水魚蝦》

南樓樓外一株孤，蓓蕾迎春百琲珠。幸拜萬年天子筆，得酬六十五年逋。臣母自號南樓老

人，所居樓下有老梅一本，每對梅作畫。臣時初學吟詩，未敢遽成題詠。今恭和御題，憶六十五年前事，隱隱在目。右《月明香雪》

萬紫千紅百寶裝，一枝緑萼領群芳。臣心永矢留清白，世守天家翰墨香。右《筠籃衆卉》

武林城東南宋德壽宫址有梅石一碑歲久漫漶相傳爲藍瑛所作上
四幸杭州重過其地拂拭斷碑始識梅乃孫杕所作藍瑛所畫石也
幾暇蘸筆𠒇之題長律一首并跋記以正其訛勒石工竣蒙恩頒賜
敬和元韻

御臨梅石拜新碑，氣壓顛翁與補之。天趣特開生面好，化工真見出藍爲。玲瓏自得雲根勢，妥帖能留玉疊姿。賡韻詩成呈黼座，恰逢歲晏萼敷時。

恭和御製元韻四十首

恭奉皇太后秋巡啟蹕之作

南天翹首望龍車，瑞靄遥連芝蓋如。又見順時修獮政，群瞻省斂奉琱輿。秋容淰淰呈紛郁，羽衛毵毵肅雅魚。隴外風和田畯喜，皇情寄暢一欣予。

即事示直隸總督方觀承及屬吏

輕塵蹕路裛晴蕤，大吏親承帝曰咨。甸服屏藩尊首善，四方則效致柔綏。試看車滿還篝滿，好祝千斯與萬斯。莫道堯民知識少，飲和食德豈忘之。

出古北口

北門山色碧嶙峋，繩武年年翠罕巡。雨露近畿先被澤，就中父老更情親。嶻嶭左折見雲封，十館更番列幾重。曉色雄關開詄蕩，遠山出沐露秋容。水似羊腸盤一線，山如馬耳露雙尖。人家但享昇平樂，擊壤歌聲亦静恬。驍騰馬力遠奚辭，計里皇程試柳絲。更上南天門一望，九垓我闥太平時。

聞京師得雨誌懷

清畿雨及時，土膏悃含渥。濕雲停不流，遠山净如濯。藉以利耕耘，豈惟滌煩熇。五事應休徵，曰肅時雨若。皇誠感蒼穹，惠此天漿酌。飛章達行在，尺寸記詳略。霡霂灑高原，汪濊下犖埆。行看雨脚飛，一夕遍幽朔。九重悉民依，膏澤布村落。願繪豳風圖，額慶同民樂。

灤陽别墅

灤河秋水淺，行館碧雲深。庭葉未辭樹，幽香時出林。烟嵐開秀色，好鳥送清音。睿賞悠然遇，登臨記昔吟。

至避暑山莊即事得句

門開麗正午初晴，陪扈名藩早肅迎。辨物却欣徵地志，時諸臣方修纂山莊新志。觀民有喜暢天情。鍾峰挹爽千尋拔，濡水澄秋幾曲盈。清越豫瞻松鶴勝，松鶴齋，上奉皇太后起居處也。欽承愛日一心誠。

永佑寺瞻禮神御紀事

煌煌廟貌日星垂，瞻拜年年展孝思。祖澤綿延光奕禩，春臺遠近洽重熙。恪誠禮浹賡鴻祉，對越神凝述燕貽。萬壑松風承眷處，當年隆遇正於斯。

有真意軒

初秋發微涼，小坐得幽憩。静賞滌塵襟，佳境忍輕朅。登陟未云勞，輿隸何曾弊。松風無停吹，巖花有餘致。娱目縱無多，悦心此焉備。仰看天宇澄，遥山開晚霽。即景多所欣，悠然領生意。

晚晴

漠漠平林初過雨，遥空夕靄望中寬。好山烟凝螺紋净，素月光流雁背寒。四面雲屏開畫障，一泓鏡水蹙洄瀾。睿情即目成佳賞，早慶承歡迓玉鑾。

出麗正門恭迎皇太后

安輿傳夙駕，蒞止路非遥。喜迓慈雲仗，歡看積潦消。前一夕曉色晴霽。鈎鈐時應瑞，玉燭氣常調。蕩蕩民風樸，無能頌帝堯。

金蓮花

水芝生陸海，不用采湖壖。延蔓移烟塞，繁花綴錦川。金衣還瑟瑟，翠葉亦田田。可是圖澄呪，開同鉢底蓮。

泛月一律

澄波玩月初，一棹轉林於。皎潔光纔瀉，伊鴉韻更徐。閒雲稱晚岫，涼露湛秋蕖。萬籟此時静，宸襟自灑如。

對　瀑

天懷原自得，對瀑發高吟。雪浪峰腰下，天漿雲外斟。琮琤如擊筑，汨㶁擬敲金。迸石飛珠散，泠然太古音。

題紀恩堂

永懷四紀夙承恩，風景何殊在御園。此日經營惟念祖，當年締造早貽孫。窗中鏡入千巖秀，檐際松猶萬壑翻。避暑山莊三十六景，一曰萬壑松風，聖祖賜上讀書處也。盥讀睿文昭日月，光前裕後焕皇言。《圓明園後記》，上初登極時所製《近製紀恩堂記》，臣俱得拜讀，仰見皇上孝思不匱、慎修思永至意。

澹　軒

寥空淡靄澄，靈沼秋陰積。一勺滴露盤，沆瀣流瓊液。鞠通依古琴，蟾蜍潤元璧。臨水風襲襟，坐月雲生席。延賞足清娱，悠然於此適。

山　田

時雨足山田，乃副農人望。塞民笑指囷，歡喜不可狀。回憶渴雨時，頳背愁炎亢。今兹霄澍流，省斂皇情暢。温霽慰山農，煦嫗及丁壯。遥看阡陌間，旆旆輕風颺。大有匪自今，慶賜毋不當。詔下屢蠲租，又見十千償。預爲來歲謀，農事毋間放。

荷二首

社日荷花七月開，社日種荷，見《群芳譜》。南方五六月盛開，今七月下澣，塞外猶見此花。雖南涼北熱，風氣偶移，亦敖漢所得種較厚實耳。雲衣六幅對風裁。塞垣景物秋還暖，十里香隨翠輦來。

月白風清不染塵，要將淡泊證前因。亭亭丰格幾餘賞，水際瓶中都可人。

食蔗居

登頓入漸深，蜿蜒勢未止。㴩㴩窈而曲，盤折得其美。會心匪在遥，濟勝良有以。巖居景淡如，所欲在是矣。蔗境末逾佳，璇題意取此。清賞味轉濃，怡情一莞爾。

塞垣

塞垣天塹結山阿，淳樸堯民被澤多。空外晴嵐開嶺樹，望中秋影動星河。草肥烟動黄羊下，沙净霜明素雁過。父老年年歌帝力，得安耕鑿樂如何。

山雲

既雨何妨且放晴，天公却體塞農情。試看山上垂雲處，笑指山腰雨脚生。

千尺雪三首

紫烟疑在香爐外，白雪微噴石壁間。沫濺如珠吹不斷，飛泉深護一房山。

趙宧光後名相藉，區别誰能辨孰優。何日四圖皆仰讀，璇題一一記從頭。吴中、西苑、田盤、熱河皆有之，各爲之圖，合貯一函。上每攜之，以便觀覽。

酌泉烹雪味逾美，編篋爲爐製亦閑。宸藻年年成即事，幾餘於此作清閒。

梅檀林八詠

風

香聞薝蔔散鴻鈞，花雨霏微結净因。韻入松閒調法曲，碧幢飄處亦宜人。

雲

一片雲光貯佛樓，晴看靉靆望中浮。未來過去皆如此，輪轉無心自在遊。

月

半泓止水自淵渟，寶相還呈色外形。香水無邊常具足，大圓覺鏡妙華經。

松

摩雲倚石陰連幕，香國香風浩浩吹。松火夜深然法炬，青青如蓋月明時。

楓

照來山壁未成丹，寫出霜林有孟端。待得秋深紅葉滿，曼陀散處説般般。

花

山花隨意鬥烟鬟，冷碧嫣紅掩映間。爛熳不因天女散，雲芝五色燦商顔。

鹿

養茸深嶺或潛藏，濯濯秋林露錦章。沙潤草香初過處，伊尼頫首禮空王。

蛩

苔階石砌凝秋氣，唧唧微吟度晚風。到處盡沾禪力廣，漫空法雨被昆蟲。《聖教序》：『澤及昆蟲，金匱流梵説之偈。』

網魚

皇仁大汪涵，什伯於子美。《左傳·襄公二十五年》：『子美入數俘而入。』杜預曰：『子美，子産也。』事類祝網慈，不作臨淵喜。塞湖魚樂國，游泳夙忘水。取之以陶情，漁人落手裏。從人觀朵頤，饞涎動食指。萬物皆求生，見彼即念彼。於彼且數數，而何況於此。上仁既同天，智復如神，獵不掩群，圍必從撙，罷漁放鹿，具見於南苑木蘭、吴之石湖、浙之西湖御製詩内。僑也固惠人，或未覩政理。

待鹿

無心待鹿鹿自來，鹿之來兮山之隈。瑶光之精繽紛散，亦如天馬行空徠。文囿山來釣遊地，芙蓉屏列峰嵐翠。日出而去暮還歸，豐草長林惟適意。飲溪食苹跂而走，不待牧人鞭其後。或騰或倚或攸伏，物其多矣無不有。呦呦濯濯樂維何，煦育祖澤留天和。騶虞應瑞百昌萃，遥看五色雲如鵝。

八月朔日作

漸近中秋節，行看斗柄更。薄霜初被徑，早桂已敷榮。天净雲低研，櫓虚樹有聲。睿懷民莫重，還爲酌陰晴。

意行

意行款款送輕輿，迎面烟巒錦不如。澮澮秋容無定相，粼粼遠水自生虚。穿雲閒過投林鳥，躍藻輕翻掉尾魚。俯仰天機皆自得，藤蘿遶徑不須除。

山卉

山卉繽紛各吐芳，斜陽影對蜨衣黄。乍開沾雨微微濕，小摘薰人冉冉香。染出斑斕真碎錦，結成甘苦自生鄉。杜甫詩：『雨露之所濡，甘苦齊結實。』天家沛澤多霑被，小草欣欣藉露瀼。

敬業堂山躑躅盛開主人招飲花下詩以紀之有序

朱丈多青先生與先嚴爲莫逆交。康熙庚辰，予年十五，讀書邏村舊居。先王父時八十餘，以老乞歸，率予來郡應試。先生邀予隨祖父飲於敬業堂中，指盆中山躑躅曰：『此予手植樹也。』令子觀成亦在座，觀成長予十歲。吾祖謂先生曰：『主人盛德，綽有家法。令子能文謹飭，吾孫僻處鄉曲，倘入城，當業術資益，可乎？』先生曰：『敬奉教。』予與觀成先後補博士弟子，爲同硯友。後予奉母太夫人官京師。雍正三年秋，乞假侍母歸，卜居郡城。明年四月，假滿還朝，觀成約予花下取别。是年花時盛，酒酣，因憶兩人侍飲花前，忽忽如昨，各泫然涕下。觀成命其長子世綸、次子冲之出紙筆，請予作古風以識，詩載予《香樹齋詩初集》中。乾隆十七年壬申，予以疾假歸，訪世綸父子。則知令子經畬，取予從孫撵石學士妹，爲吾家壻也。相見後，即問：『山躑躅好在否？』則對曰：『花本無恙，今春發花，非復題詩時爛熳耳。』三十年秋，予子汝誠蒙恩許歸侍養，搆子舍數椽於甪里坊敬業堂東，壁通燈火。四月下浣，世綸世講有茸城之遊，經畬夫婦邀予父子祖孫集花前，置酒相餉。經畬子若弟、予再從孫及予曾孫鶴壽甫四歲，亦擕至花下，再從孫球、世錫皆能詩，請予作詩，以紀斯會。酒半，予奉一巵酹花神曰：『七十年中，前後敘予家六世人，亦佳話也。』即席得七律一首。

當年奉杖侍華軒，今日扶笻又到門。花似客心紅未洗，酒如人面醉猶温。交情孔李成行輩，親串朱陳本一村。多謝君家閑草木，見予六世笑言言。

附同作　男汝誠

卜鄰恰喜並常豐，予與經畬所居坊名。燈火花枝相映紅。笑與山榴初識面，孫枝都見出新叢。予束髮時，即聞敬業堂山榴花時特盛。昨歸侍養，卜居鄰並，陪侍家嚴，始得有此良會，蓋與此花神契四十年矣。花固新枝繼長，予已抱孫，日月如馳，不禁對花一笑云。

趨庭指點説兒時，今夕歡同杖履隨。家嚴每以暇日，爲誠輩説兒時應童子試日，趨陪過此，觴咏良樂。今誠又得侍杖履，相繼追歡，亦梓里佳話也。曾是高曾遺手澤，能無淚灑角弓詩。

萬株火齊萬玫瑰，一朵花宜飲一杯。花影在杯杯在手，主人愛客客頻來。

只疑頃刻有花神，殷七催開未是真。何似青松成契合，庭前盎植松枝，亦百年物也。相看好在百年身。

爛然跗萼燦星光，豔説荀陳聚一堂。座惟兩姓，無他客也。更祝此花長供養，雲仍兩姓願毋忘。

題第五叔望遠圖用東坡烟江疊嶂圖韻

是非齊山或楚山，巉巉萬點淩蒼烟。若非洪厓定若士，紺瞳紅頰頭童然。逌然長嘯最高頂，松風耳後鳴飛泉。看山蚤歲過大别，雙鳬往復留晴川。又渡桑乾登涿鹿，青霞標插崇臺前。九仙雲外忽招去，華不注上花連天。自此以上，皆吾叔宦遊處。雪泥鴻爪有定分，山人落拓山清妍。好山信美即吾土，何必石室開瓊田。歸來卧遊堪指數，翻身一笑三十年。兒孫羅列盡玉峙，修眉天際何連娟。意行得意入靈奥，絶勝杖撞玉版承頦眠。岡巒倏閃齬齕雜，腰腳健處扳飛仙。記曾松下圖道服，臣叔早結癡人緣。曾屬題《松下道服圖》，今四十餘年矣。今日重題面目猶未换，蘸筆爲補喬松篇。

歎逝

行年八十一，老淚不可止。林葉驚商飈，失偶方作誄。兒女及孫曾，啼哭繞吾耳。淒淒兩月來，忽遘孤兒委。仲冬望後，姪汝鼎棄世，去予失偶甫兩閲月。哀哉此孤兒，亡弟所遺子。撫之襁褓中，訓育逾四紀。婚宦及室廬，草草爲之理。有兒能讀書，鉛槧鈔國史。汝鼎子濬，諸生，國史館鈔書効力。方冀升斗糈，庶以奉甘旨。誰知孤兒後，鮮民又見此。急足寄言去，切戒勿過毀。昨夜朔風寒，兩媳奔歸里。一從衛邑來，一從朔方抵。四兒汝隨官臯蘭，五兒汝豐官儀封，以交代未是，遣其婦先歸喪次。痛哭繐帷前，我淚何能已。哭已雞既鳴，打門訃女弟。同懷我四人，兩弟物化矣。弟峰即汝鼎父。弟界歿於施南郡佐任，已十年矣。有妹嫁曲陽，良人作吏死。妹適蜀南部令馮巨欽，爲政有聲，卒于官。癡孤促襟貧，閉户倚所恃。五女死過半，長女嫠而在。叶母病六七年，朝夕侍床第。藥物必親嘗，厠牏必親視。我每放棹過，對我必垂涕。握手爲我言，曰妹惟兄倚。仲兄早即世，孤姪不失所。叶先人所留遺，成就兄一手。叶況荷嫂氏賢，撫姪如老妳。如何百日内，死别各遷徙。吾衰行則跛，吾弱食僅匕。惟手一卷書，自送年華駛。奈予風燭餘，重疊期功累。去者反其真，存者伊何底。吾墓木未拱，兒輩營方始。時大兒汝誠率七兒汝器，相地營葬其母，並營壽域。重泉有會時，計歲屈幾指。

題張丞鴛湖載酒圖

飛來鳧舄水雲鄉，衣帶蘭蓀信有芳。南望衡陽四千里，畫中烟雨似瀟湘。

玉尺當年訪楚材，廩雲一朵一浮杯。與君往復論賓主，也到吾家别墅來。雍正間，予曾奉差典楚南試事，今君以縣佐來嘉禾。烟雨樓爲吾家先人别墅。

題章節母沈夫人小影

淑慎尚書女，辛勤事事俱。奉姑還侍母，守志爲存孤。行合賢明傳，人欽節孝圖，伏經經口授，家學重三吴。

小除夜贈馮丈蔚文

吾衰寡儔侣，今喜識馮翁。子舍琴樽在，林栖心跡同。政傳三異遠，薦達五雲中。時令子大令初膺循卓。檐鵲分明報，寒燈綴玉蟲。

春正十日泛舟對月作

薄遊春始泛，幽意此消磨。烟色浮春樹，燈詞入棹歌。星稀連野闊，水緩帶風和。静裏看遲暮，年華自覺多。

寄謝同年盧雅雨都轉所惠羅酒

有約終能踐，無功自號鄉。味如君子淡，情與故人長。此惠曾三接，裁詩報一章。扶衰重相寄，莫笑次公狂。

正月廿五日爲先室八十誕辰兒女輩延道士諷經設供愴然有作

氍毹行樂地，清净設齋壇。案失齊眉舉，杯將淚眼看。自憐同鶴瘦，只合共梅寒。老去能無感，真成智井瀾。

仲春三日同人集樂順堂小飲分韻得壽字

病裏換年華，對鏡日增醜。入春浹旬來，寂坐未啟牖。今朝風漸和，拄杖循檐走。親知五六人，過從互先後。亘時喜接言，一杯盈在手。觀物領新知，標趣愜衆叩。所得幸無違，即此亦非偶。珍重在良時，各各葆曼壽。

花朝夜小集樂順堂詠盆中花木二首

棐几勞相對，春寒小勒時。萬花多未放，爲爾却開遲。瘦骨憐燈影，幽香到酒巵。題詩一游戲，空谷有誰知。右盆中梅花

燈前閑草木，名已近蘭膏。一名南天燭。有客偷紅豆，何人得繡袍。火珠空自秘，檐雀更何勞。愛爾無多子，經冬耐雪饕。右盆中天竺

香樹齋詩續集卷二十三

題倪母趙孺人遺像

往交符幼魯農部。鄭筠谷前輩。輩，座中揖二林。意林，谷林。兄弟好詩筆，宰府徵紀諶。鄉評推所自，爲得母教深。母朱名家女，女範夙所諳。明師與嚴父，慈母實所兼。騷壇延清譽，以雅而以南。曾邀公瑾拜，轉瞬年歲侵。别來踰四紀，踪跡半浮湛。我病歸故里，高卧如眠蠶。舊遊感逝水，有夢無由尋。符鄭不可作，二林已就淹。昔時留賓地，池館空鳴禽。流傳來行卷，玉軸古錦函。展圖對静女，丰格林下襟。翦燭讀諸傳，群季表女箴。端莊與淑孝，禮宗爲世欽。早漸大母訓，南國嗣徽音。芳蘭易凋謝，琴韻遺愔愔。吾憐潘騎省，誄成淚難任。惟將長夜眼，一報平生心。

題王中丞督運圖

大中丞樓山王君任江南大參時，作《督運圖》。先是，沈敬亭光禄初罷郡符，館於樓山官舍，亦附入圖中。兩君皆予同年友，年長於予，先後歸道山。樓山令嗣汝嘉、汝璧出圖請題，即紀二絶句。

席挂千艘面面開，令牌魚貫使君才。臣家萬里源頭水，親送神倉轉漕來。

把卷清閑王給事，圍碁瀟灑沈休文。殷兄張丈今何在，搔首題詩憶暮雲。

恭和御製津水早春詞用錢陳群韻並寄去命和之

南湖湖畔荷蓋翻，黄梅作去聲雨添蒸煩。忽驚天章五雲下，來自畿近之行軒。春巡觀河駐春淀，恩光蕩瀁浮春温。衢歌巷舞迎户户，漁腔水調來村村。臣本此邦流寓客，能勿依戀飛清魂。木門柳色瀹於水，淺深猶記春沽痕。江南冀北水襟帶，春冰漸處通潺湲。他年倘再列扈從，識途老馬嘶平原。

臣既奉敕恭和復敬製七古四韻詩一首以紀斯遇有序

臣陳群於康熙間下第後，曾流寓津門，所作《津水早春詞》，狀此邦風物殷庶，以歌詠昇平。詩載《香樹齋前集》中，閲今五十餘年矣。兹當春巡駐蹕，上偶翻閲拙集，遂和《津水早春詞》一章，念及臣微賤時事。恭繹元音，眷舊禮隆，憐才恩重，雖古明良一德，未有方斯盛者。臣草木餘生，遭逢異數，慚悚感激，莫能自喻云。

殷宗躬到版築間，漢祖來過圯橋路。一爲列宿在雲中，一從赤松遠遊去。那得如臣草野吟，萬年天子親題句。嘉哉此事古未逢，留與詞臣傳藝圃。

恭和御製巡幸天津各體詩元韻

仲春啟蹕巡幸天津府閱河務即事得句

少海清瀾狀更旋，春冰澌處自通船。乘時親視三津水，布令周巡二月天。政首觀風耕可省，典隆解澤賦先蠲。天心要慰堯民望，康熙間，聖祖幸天津數次。上御極以來，津民望幸久殷。上鑒其悃忱，此次觀海巡河，諏吉啟蹕至津。紫陌輕塵上細旃。

過蘆溝橋

風傳明庶信，巡典及春期。河東建瓴勢，橋過警蹕時。八垓皆會極，衆水自循涯。王政通溝洫，能無盡力爲。

良鄉行宫晚坐

巡典首塗由赤縣，初程駐蹕又於斯。門前繡壤平康路，壁上星文蒼老詩。行館幾餘無限意，春齋客裡有凝思。嫩寒薄暮東風拂，西企猶增雨露悲。

見耕者

近甸麥苗萌，皇心驗雨晴。井收宜勸相，土沃倍經營。北地田畔有井者多沃壤，耕民視地肥沃，糞溉尤爲用力。田婦提壺饁，村童叱犢迎。行將遵海路，遍課野人耕。

涿鹿行

巡河載頓范水城，津指析木兹經行。琴高赤鯉雲外隱，『琴高乘赤鯉』，相傳即於涿水中云。張公坂泉煙際明。涿鹿之山，俗呼爲『張公泉』。祥飈兩淀待帆飽，飛黄先試春衢好。上循覽河淀，俱御鳳艇，風怡助順，有旨敕建專祠，以答神貺。自京師涿水，啟途信宿，則仍陸路也。皇情要以清晏娱，守土早誡雕華巧。朴淳懷葛近畿尤，樓桑村古耕萌稠。茅階撫壁寄宸賞，卷阿幾度薰風留。直沽環環滙帝澤，汜濩元氣歸含收。舜典敬稽歲二月，水土六府歌惟脩。

紫泉行宫十詠

敞　軒

層軒疏綺挹紅泉，即景詩成慣記年。今日初巡覿民物，熙來攘往一欣然。

屏山

峭壁懸崖一竇通，太湖湖石勢玲瓏。屏山轉過收罾網，不唤樵夫便釣翁。

鏡湖

鷗起春波雪浪圓，問渠何處滙通川。皇心照徹諸沽水，蓄洩因之計萬全。

舫室

艮止形同習坎浮，坐延澹淹恢清遊。宸襟偶憇猶乾惕，石舫思居凛載舟。見《御製石舫記》。

椶亭

椶亭疎敞俯晴郊，一把新披勝縳茅。聞説左綿皆十抱，龍鱗犀甲費吟嘲。杜甫《海棕行》：『龍鱗犀甲相錯落，蒼棱白皮十抱文。』

虹橋

略彴横空一水長，彩虹曲曲動湖光。淋漓御筆經題處，髣髴天邊雲漢章。

魚罾

青竹牽絲截水潯，勤罾懶簖豈無心。『勤罾懶簖』，漁家諺語也。物微猶荷皇仁愛，樂泳江湖忘去聲釜鬵。

石逕

犖确通幽步自寧，意行登頓有樓亭。一泓春水開明鏡，寫出蒼苔白石形。

竹埭

貓頭犢角漸成叢，翠尾輕篩一埭風。幽致最憐明月下，迴鸞翔鳳舞虚空。

箭廳

當年扈從命臣前，内侍擎來賞心縣。一箭曾叨天語賜，上每發悉中。二十年前臣曾與張照、汪由敦、梁詩正、蔣溥同侍，上語曰：『汝五人俱不能射。朕爲卿等各發一箭。』五發五中，按簽領賞，臣陳群拜賜物獨多。邇來能事想仍然。

雨二月二十七日

麥隴正需雨，千村適報霏。密霑偏不驟，遍著更宜微。傍晚竟如約，知時實所希。昨宵驗纖月，離去聲畢有先幾。

曉行三首

春旗冉冉恰新晴，出作村農繫聖情。望杏瞻蒲來趙北，無央民數馬頭迎。
岸花隄柳導輿前，遠近人家動曉煙。百尺游絲芳草地，平移華蓋度輕鞭。
風暄陌上陽春布，日映林中宿雨含。輦路韶光多入繪，鶯花絶似大江南。

趙北口行宫即景

輕程信宿此焉留，三島蓬壺是舊郵。檻外群鷗時出浴，堤邊諸淀自環流。杏腮含雨紅微綻，草色承風緑正柔。絶似石湖春泛處，罷漁斜日綱初收。

安福艫

鳳舸遥從瀓潞迎，燕南趙北遞芳程。求安若保春融澤，頌福如升旭展晴。境是壺中開特地，句參天上試量評。從知江國瞻依切，翹首雲帆望幸情。

御舟過廣惠橋

人言楚尾即吴頭，瀛鄚之間孰近遠。聖朝施惠自無涯，八荒我闥誰非近。所操者約所及廣，探原有術惟端本。橋名廣惠居要津，來王來享皆尊親。即今春巡菭澤國，指示蓄洩安斯民。恩波來者見爲新，沐浴沾濡便成故。同在鴻蒙一氣中，至人觀化方能悟。

淀池舟行襍詠

畿南沽水散枝河，誰似淄澠辨不訛。蓮渚蘭塘清派遠，大淀、大蘭，皆淀名。汪洋聖澤此中多。

丹花嶺下發洪源，沽水出塞外丹花嶺，見《水經註》。流入東南故道存。整理陽防時蓄洩，耕漁生計福黎元。

圓折春流似鏡空，汀蒲岸柳澹煙蒙。海門翕受潨流急，百谷歸王道處冲。

蟹舍漁村水際鄰，詢民疾苦必親巡。當年大禹勤溝洫，今日川原仰聖人。

長桑仁術越人醫，《史記》：『扁鵲受長桑君禁方。』欄檻臨流剩古祠。天藻留題尊國手，庸醫曷勿盡師之。壬申歲，臣以疾請假歸里調治，上賜詩寵行，有『庸醫無大藥』句。

迤邐蘭舟泛碧池，禽魚飛躍樂無私。年年水熟兼秋稔，淀民以魚、蝦、菱、藕爲業，不涸不溢，則爲水熟。麥田、稻田不至旱澇，是在蓄洩得宜，利可兼獲數倍。王政勤民務善治。

過中亭河紀事

下流達玉帶，上接永定河。中亭渠本狹，包納豈能多。如何開金門，閘名。牤牛肆騰波。談河訟相聚，誤聽圭難磨。桑土計必豫，芻蕘採勿訛。決口即堵築，安流保無他。茅簷沾聖澤，乃不虞沉渦。瑶篇詳利弊，津吏免跌跎。舊章謹率由，毋被冤言訛。督河與司土，宜各書紳哦。

聞京師得雨誌喜

昨朝好雨潤春城，前二日行在得雨。又報霏霏洒玉京。到處民安兼物阜，望中柳暗與花明。一聲銅雀先符瑞，千耦農官正勸耕。近淀村民多接踵，香花户户笑顔迎。

蘇橋雜詠四首

河上蘇橋傳故事，蘇橋别無確證，縣志僅載『蘇公曾授文安簿，河上蘇橋自昔傳』詩二句，遂爲蘇洵故蹟。藍田同記縣丞廳。校書猶自留遺愛，文字勳宜光禄銘。禮書既成，奏報未下，而洵不及待，贈光禄寺丞以褒之，可知其終於校書，而未任文安簿矣。里人傅會，藉名人踪跡以豔其地，在在有之，亦緇衣之微尚耳。

居然春曉也相宜，『蘇堤春曉』爲大蘇宦蹟。宦蹟傳家古淀涯。花柳六橋渾不辨，是耶非有水仙祠。蘇堤第四橋，有水仙王祠。

麟鳳争看遠使爲，湖山吟夢定於兹。蘇轍曾使遼，經涿鹿郡，間寄兄軾云：『誰將家譜到燕都，識底人人問大蘇。』又北使每能誦三蘇文，蓋幽燕之於蘇氏父子，耳食其名，重其人與文久矣。『湖山應夢武林春』，軾送轍使遼句。誰將家譜燕都去，姓字香留齒頰碑。

當年禪榻對清齋，軒檻臨流眺聽佳。橋邊僧寺俯臨河淀，爲往來使傳憩宿之所。臣亦持衡曾訪此，葵心今日企增懷。

搶　風

閶闔風自西，明庶風自東。順逆本無定，舟行盍隨風。如何欲速者，力挽轉難通。聖人察物情，題詩誡妄庸。順逆守忠信，庶涉波濤中。

文安堤工

豐利文安即古豐利。故釜底，潦積虞轟豗。重光紀攝提，秋漲漫口開。畿南迤畿東，偶以溢告災。撫賑詔旋下，貸種施厚培。水紋與得勝，文安二淀名。醲閭浩蕩皆。是歲秋潦稍盛，瀕河低窪昆連數邑，撫恤均霑，賑貸普被，而文安以水溢漫開，發帑興脩長堤繼築，居民永資扞衛，頻歲頗獲有秋，叨恩尤爲獨渥。鳩工薪既屬，大舉茭楗排。長堤亘千里，蜿蜒堆崇垓。功成答神貺，歌奏萬福來。帝臨樂熙皐，識事書康哉。

恭依皇祖閱子牙河詩韻

蕭蕭蘆荻樹叉牙，漫説當年吕尚家。土築爲牛多擁岸，河流如箭自排沙。茅簷野老香炊餠，小艇村童戲捉蝦。法祖巡春親閲視，太平風物望中賒。

格淀堤至臺頭西南而止命接築至千里長堤因成是什紀事

觀河防海土功治，上四幸江浙，河工海塘，悉經睿畫，早奏安瀾。畿輔今來一視之。要障渾流接千里，命興長堰及春時。利規久遠因民便，工集歡呼計日爲。從此家家慶安堵，子孫永賴豈嫌遲。

於臺頭行館作

數楹不日起河濆，上爲勤民民亦勤。遵祖由來昭儉德，巡方敬戒事華紛。地臨爽塏騰曦彩，水愛澄清靜縠紋。檻外風光春爛漫，仰看霞綺自成文。

清源堂

軒楹新搆淀池潯，小憩蘭舟此一臨。布澤三春承祖德，留題兩字揭官箴。晴波瀲灧清如許，遠勢瀰漫源可尋。治水真堪通治道，相期端本體皇仁。

水縴

莫謂船行方法無，蝘蜓夾引泛晴湖。禹乘舟治水，兩龍夾舟而行，視之如蝘蜓也。濟川齊力非難也，利涉偕行其庶乎。雙導衝波如鹿角，西湖有鹿角船，頭如鹿角，故名。兩行破浪似蝦鬚。由來蓬轉通舟楫，鳳翼龍鱗要共扶。

協性齋

璇題顔協性，寶翰貯名齋。自有智仁趣，況兼風物佳。憑軒親卷帙，覽景暢宸懷，明月晚來照，春燈底用排。

滄波樓用金山遠帆樓韻四首

髣髴重登浮玉山，雲霞縹緲去仍還。李將軍與仇英筆，多在蓬壺方丈間。

綺疏面面受春風，踴躍真成不日工。縱少千枝燈動宕，水光活潑也相同。

滄波楹檻俯清流，野趣無心亦自投。定有神仙空際遇，此州原是舊瀛州。天津向隸河間。瀛州，河間郡舊名也。

上　巳

蘭舟幾日閱陂池，幅幅圖成橫卷披。宣洩詳求勞指示，皇心軫念特憐之。御製有『宣防難措是斯州』句，加意審慎，畿輔水利，燎如指掌。遵旨善治，備之豫，貽之安矣。

省方當禊序，水際興非孤。縱少崇山勝，還宜緩吹娛。依依漾垂柳，拍拍導輕鳧。五度逢今日，佳遊致不殊。臣記年時扈從逢上巳凡五度，在山左濟南者一，在浙江西湖者四。天津爲臣舊遊地，未得隨豹尾後，深用耿仄。

寫盆梅一枝戲成是什

墨光香沁一株梅，不用傳宣松竹陪。天縱多能又餘事，化工在手亦奇哉。

水　營

禊節初過序，雲旌尚水濱。洩宣覘五閘，風俗問三津。蔀屋欣同樂，蘭舟好貯春。明朝有恩詔，太史記時巡。

題望海寺二首一韻

柳枝出水光明相，自在應知本自然。佛力自能成佛願，普沾萬萬與千千。

觀海先題望海寺，未然卻即是當然。從今更兆豐亨象，歲歲年年取十千。

於天津策馬由府城觀民閱河遂至行館駐蹕

天上星垣析木津，衛陞而府府城闉。天津本名衛，由衛而縣，而州，而府。今爲畿東南劇郡，城亦甲於三輔諸郡。堯年舜日風如一，民志皇衷分外親。煮海生涯多皞皞，近畿人物本循循。爰知睿慮還敦朴，訓示諄諄期返醇。

命免天津府屬積欠銀穀並及直隸通省積欠銀穀詩以誌事

法祖舉巡典，四至惠南國。富既可藏民，盍勿緩民力。新詔及三輔，遍予以封殖。豈惟貧者感，富者感欲泣。富者謀蓋藏，貧者免乏食。茅簷與官府，一視更何惜。

偕樂堂

孟義皇情契，嘉名錫此堂。歡聲騰兆姓，仁澤通群商。熙皞春臺樂，從容化日長。翠華偶此駐，念念及農桑。

播醇齋

萬縷金絲柳，依依傍水濱。書堂同罨畫，鱗隰乍鋪勻。麥隴初鳴雉，蘆汀隱釣輪。醍醐比聖澤，億兆飲和醇。

五聞

蓄洩因時異，輕潮亦偶通。民知歌帝力，人亦代天工。柳外遥村隱，堤邊春草叢。周巡觀五聞，源委庶能窮。

清宴堂

河清與海宴，拱衛聖人居。壤擊來深巷，漁歌動遠墟。熙時原有象，蹕路不須除。見此昇平樂，皇心益勉予。

微雨 三月初六日

望雨春時節，霏霏勢更佳。九重吟意動，四海此心皆。薿薿麥添色，欣欣草潤荄。柳邊鳩婦喚，亦可慰宸懷。

海神廟瞻禮述事

巡典初臨海，春旗瞻禮伸。豐亨占上瑞，清宴仰明神。出海光常現，依人示有真。《左傳》：『神依人而行。』璇題碑碣在，靈貺永安民。殿前有聖祖、世宗御製碑文。

觀海臺觀海作

朝宗會極淀連沽，屈曲春流赴壑紆。握要歸閭通奧閫，積靈元化藴珍符。漁人撒網乘潮遠，賈舶多裝幸颶無。況是雲帆粳稻便，洪濤中有蕩平途。

瀛　裔

海壖瀛裔亦蒼黔，巡海因將方法覘。聽鹽法，見御製詩注。生計熬波遵暑路，大官循例進飴鹽。鹽惟長蘆得味之正。《周禮天官》：『飴鹽，長蘆所産。』傳家出素風濤靖，足國輸忱寤寐恬。一自蠲逋同拜賜，皇仁斥鹵亦胥漸。

曬鹽場

沙户生來慣習勞，沿灘什伍自同牢。霜飛當暑將成鹵，日曬凝波遞出壕。要禁侵牟規重利，仍寬孤寡許輕挑。谷王此際應歡喜，少海親看第一遭。

閱　武

萬乘初臨此，元戎列仗過。鼓闐雷欲動，鉦静海無波。墜引還如鸛，行分復似鵝。移時行賞後，仰見矞雲多。

海光寺

海壖古刹荷恩慈，聞説潮音信復疑。初地曾遊逾四紀，水官廖韻記年時。臣於乙未下第後客津門，時海光寺初成，寺僧湘南邀臣作詩落之，因用蘇洵《水官詩》韻。

西沽二首

白河潞潞諸流合，滙入津門沽水中。相度機宜惟善導，由來轉漕萬艘通。

禮成雲罕便回鑾，被澤群黎曉聚看。爲憶攀留南幸日，西湖平望與江干。

閱筐兒港減水壩

古港臨回蹕，穹碑禹績垂。漕去聲河千載利，刻玉一遊時。上親臨河淀相度，凡有關於堤防水利者，悉已得其要領。如王家務、興濟等處，皆宣洩有方，永垂利賴，不特筐兒港然也。詔令灰工築，詔築灰工十五丈，以護排樁。功同坦水治。水以導其勢使平緩，爲護堤上策，浙省海塘用坦水，兹敕脩坦坡，義實相同。機宜頻指授，爾牧勉遵斯。所諭督臣方觀承興脩諸工，皆一一詳爲指授。

南　苑

春滿郊原路，回鑾試一蒐。吟多思更富，騎穩草偏柔。貫札精神注，臨池翰墨留。善書還善射，臂腕力雙遒。

問和親王尚能馬射否辭以臂病因成是什誌與

我皇神武姿，絶藝驚百爾。秋獮記當年，講武必來此。付託子臣民，手足敦兄弟。恭吟問射詩，和氣靄金卮。克艱有前訓，心力勞難委。王其敬體之，坐享昇平矣。

即事雜詠

畿近春巡早報成，浹旬風物紀輕程。歸途小駐神仙地，鶴鹿禽魚自結盟。

三驅文囿展戎儀，芳草和風動遠陂。射法至尊親訓示，兔罝詩賦太平時。

盛世休徵節雨風，杏花菖葉恰春中。預爲蔀屋祈年計，念切民依未釋忡。

淤沙漸滿近郊河，疏滌從教利益多。鏡面凝塵重拂去，澄明快見湧金波。

天章流露皆天性，高出三唐兩漢間。每記卷阿賡和處，彌慚思鈍句塗删。上於幾暇吟詩，思若泉湧，妙合天然。臣每奉敕恭和，搆思拮据，勉强下筆，猶改易數四，始能成章。

小駐離宫信宿移，言旋恰值暮春時。皇程自法天行健，啟蹕回鑾總豫期。

巡方返蹕至暢春園問安之作

津水鑾回早，慈幃敬問安。和風春正麗，淑景靄承懽。二麥香浮隴，諸沽水帖瀾。萬年枝上露，瑞氣自團團。

香樹齋詩續集卷二十四

方問亭宫保七十初度即用宫保戊寅八月舉子誌喜五言律四首韻爲祝

廖詞纔脱草，盥手付賓郵。時奉敕恭和《御製津水早春詞》及巡幸天津詩七十餘首，凡一月告竣，遣家人齎送熱河行在恭進。王帖臨初愜，今年政七十，見王帖。陳群八十初度，蒙恩賜詩，有『王帖一句又過之』句。蘭泉香正秋。降神尊列嶽，錫馬拜康侯。他日屠蘇會，當筵讓一頭。

況示無多語，殷勤深復深。數行衰老墨，千里故人心。要解吾民愠，因之入舜琴。廿年留甜茇，到處愛棠陰。

六十生兒好，十齡讀父書。箕裘知紹述，高大想門閭。毗倚恩逾重，勤勞慶有餘。由來無不報，信此獨深予。

代言時往復，引緒日綸紛。君以虚能受，吾爲誦所聞。積誠方可格，邁德庶相薰。二句一以事上言，一以化民言。自笑抛鋤鍤，徒然説刈耘。

九日集愛日小樓書懷記事一首

膽瓶點綴菊花開，小閣清虚傍水隈。甪里臣居諸子侍，立齋、名夏、宁青、立亭兄弟俱侍坐。和門天所列仙陪。鴈鴻有約鈞韶下，初八日，頒到山莊御製諸什，命臣恭和。風雨如期節候催。昔人呼九日爲風雨節。塞外早寒畋事竣，五雲深處憶鄒枚。近得耐圃大司農從行在所寄劄。

吾郡長豐甪里二坊親串世講廬井相接立齋兄弟與予往來爲密昨過立齋齋頭知爲三十初度留供雞黍座客皆坊人也請予作詩題此爲贈

長豐甪里接東城，三筆聰明悟夙成。要傍屏牆爲弟子，也嘗苜蓿作先生。帶霜白菊深秋後，啄黍黄雞近局情。甘谷分流環小閣，每扶賜杖望長庚。

再用謝惠連秋懷韻示誠兒

昔人亦有言，識字始憂患。我生縱滿百，忽驚年歲晏。良時多遭逢，偉業寡烜爛。嘉彼在藻魚，感兹依雲雁。宵寐違觚稜，晨會同幃幔。精力雖就衰，臨履敢云半。驗往笑翻碁，知來誰布算。執雌洵莫踰，蹈妄懼滋慢。萬石慕前脩，七穆豈終宦。敦詩風自醇，學易占可玩。戀主秉丹忱，懷人托清翰。杖履賴扶將，卷軸任零亂。倚皂猶識途，鳴岡實司旦。守約義取貞，抱闇道終焕。要令敬者親，自致羨者歎。相勉復相期，四海一情串。

恭和御製幸避暑山莊詩

恭奉皇太后幸避暑山莊御園啟蹕之作

郊圻雨足喜新晴，蹕路清風罥旆旌。祇奉安輿先路導，政頒秋獮順時行。近巡每歲無非事，特典如常是薄征。遥企初程怡睿賞，山容樹色有將迎。

遥亭行宫晚坐

省斂歌傳婦子經，晴郊共仰翠華停。周廬地闊横煙紫，芹嶺天高插髻清。淺草鋪茵花點綴，晚風刷馬珮玎玲。李賀詩：『珮馬玎玲踏沙路。』西成有象真娱目，萬彙由庚祝惠寧。

出古北口

萬柳成林罨近關，柳林距古北口三里。新秋露净豁孱顔。雲依馬首華芝蔭，草覆羊腸河名。碧玉彎。范成大詩：『溪迴碧玉彎。』天驥飛騰健似龍，嶺迴留斡古北口，一名留斡嶺。古提封廿年前記曾陪扈，臣憶忝列扈從，至今將二十年矣。靉靆晴占瑞氣濃。

塞垣景物都成聚，表厥風聲署樂豐。數遍涼亭舊時驛，關山如畫愜皇衷。元時設涼亭於此。明洪武間，改設古北口，曰『東涼亭』。

兩間房行宫即景

廣大宸居屬兩間，紫垣一粟接通闤。鷄豚喧雜村中市，屏障煙嵐檻外山。組甲争輝傳虎族，威弧角力霽龍顔。太平邱井勳堪策，較閲幾餘未覺閑。古北口提標每於行宫門外較閲，陳習武事，上親閲焉，以次行賞。

青石梁

樹色見秋還，藤蘿古磴攀。波恬知度馬，磬折爲行山。旭日澄天際，紅雲近聖顔。同名有台嶺，飛錫不知艱。浙之天台山亦有石梁飛瀑，唐僧貫休曾偃坐於此，路極峻峭。

至喀喇河屯即事

鷹摩鵰落遠沙平，泥首名藩早見迎。恩諭寬期真異數，遠來就日本丹誠。塞垣歲熟無蛹子，水不生蚊，地不生蛹，塞垣風土最勝處也。遼海秋空起雁聲。雨過氊廬如列屋，柘黄旌颺柳梢晴。

灤陽別墅

瀲灔接銀河，秋風柘綠波。柘綠，魚名，灤河所産。飛梁清蹕度，疎雨拂林過。松翳翠罳密，禽諧律吕多。芸牕閑覓句，萬籟入吟哦。

至避暑山莊即事得句

嵯峨雲嶺百千鬟，清暑蓬瀛遠世闤。按晷宸遊繩祖武，緩程秋閏駐靈山。氣調玉燭西成候，景繪豳風旬服間。幾暇對時閑羽衛，松姿鶴韻好怡顔。

秀起堂

巖牛結深秀，奇峰倒景懸。綺櫺含爽氣，香案濕晴煙。雪色林眠鹿，金光地湧蓮。壺中真意在，睿賞寄瑶篇。

出麗正門恭迎皇太后至山莊即事得句

山光環翠拱宸居，麗正門開迓鳳輿。愛日頤和承至樂，祥雲馥郁仰真如。天呈圖畫慈顔豫，秋洗川原景物舒。自有清香來鷲嶺，早敷新桂映瓊疏。

清舒山館

山明水浄奉那居，林外丹霞入綺疏。清暇幾餘惟見道，舒長時對亦攤書。香縈花藥階墀繡，籟起笙簧洞壑虚。披拂宸襟有微會，摛毫伸紙一欣予。

松霞室口號

新松他日欲拏雲，舊松昔日曾盈把。不分新舊樹如人，多是親承雨露者。攝山九株盤中萬，同時一笑問董啞。昆陵董啞子，南唐人，善畫樹石。

處暑日雨七月廿九日

夏序物性成，見邵雍《皇極經世》。將斂欲寧處。今晨斗指申，《漢書·律曆志》：『處暑日，斗柄指申。』驅暑仗飛雨。雨降惟知時，陰晴各得所。天心靡勿周，重農恤遠旅。元韻云：『益欣利晚田。兼弗厘行旅。』仰見皇心邇不泄者，遠不忘也。兹者欣塞田，慰徒旅，則九州之豐歉，萬里之勤勞，即在宥矣。恭讀者當知之。蓐收西北流，頓轡灤之滸。星虚見正初，塞雁來亦甫。獮政行待時，松巖陟遠岵。

題和闐玉應真觀泉圖

静中止水即飛泉，火上空花似吐蓮。勃律遠通離垢界，杜甫詩：『勃律天西采玉河。』茶毘悟徹再生禪。神通未要光明露，具足還因闇澹全。誰問淮南辨真贋，無言調御自悠然。《淮南子》：『鍾山之玉，炊以鑪炭。三日三夜，光澤不改。』

晴

宿雨收林薄，晨光豁岫雲。會心如有獲，即事亦多欣。地静饒幽趣，天高净遠氛。鹿鳴兼鶴舞，不雜衆音紛。

玉岑精舍

仙居署玉岑，幾暇乃一到。或步或肩輿，曲曲斯領奥。一泓不可唾，衆皺自呈妙。紆迴得坦夷，綺錯引幽徼。《西京賦》：『徼道綺錯。』塞草燦堂隍，水樂會林愛。清賞愛三餘，秋意供詩料。任取若爲期，天遇何曾約。

題春好軒

軒名春好見秋晨，景物圖書爽更新。地設奥區依紫塞，天留仙館駐長春。悦心不借絲絃沸，觀化因知飛走馴。好處何妨多領取，且遲即鹿事秋巡。

千尺雪二首

雪噴飛泉挹注常，凡夫好事有傳方。寒山千尺雪，趙宧光所搆也。灤河直上應千尺，流帶先秋柳葉黄。

海眼何曾著點泥，環環曲曲自成溪。平鋪真比瓊瑶色，御筆留題井幕西。龍井白沙泉爲西湖之勝，上賜題最多。

荷二首

田田不異液池濱，露洗風梳自有神。晚豔得蒙天藻賞，影涵秋水緑於春。

百頃澄潭十丈花，水精鉢裏現毘耶。團團月面真如悟，雨散諸天作晚霞。

午　熱

芰暑駐晴莊，曦車軌運常。塞雲多帶紫，日氣覺微黄。薄篆初浮檻，輕颸想襲裳。河流原不定，蓬島早迎涼。

曉涼

地塏秋先到，朝暾已覺涼。驅炎莆獻箑，薦爽芰舒裳。閶闔開晴霽，山川入鏡光。夙興勤視事，暮靄浥旂常。

移樹

豫章雜樗櫟，尋尺好移植。遷使遠華離，《周禮》『華離』注曰：『污下地也。』栽欲去阬塞。端須根株疏，勿使尊莽匿。緑陰行見成，赤日無由逼。譬之載道文，亦比輪轅飾。神膏澤奥區，得地天亦得。

捕魚戲言

禁網湖内魚，入網湖外魚。魚遊湖外湖，復樂湖内湖。出湖旋入湖，乃渤澥孟諸。《子虚賦》：『遊渤澥，浮孟諸。』鯤鮞滋蕃育，醇化溥唐虞。扶摶任變幻，何慮涸溝塗。漁師偶一命，示以仁惠娱。《漢書》：『創道德之囿，宏仁惠之娱。』天地德曰生，感物來騶吾。《山海經》：『林氏園有珍獸，名騶吾。』《周禮疏》作鄒吾，即騶虞也。

永恬居

星斗森環宇，龍章采炳檐。文謨昭法守，聖孝契怡恬。鶴舞虬松頂，雲封翠嵎尖。祇承羲畫在，味永義深潛。

肩輿至創得齋憩坐得句

迤邐金支碧漢西，重岡複澗試登躋。天留畫本清秋寫，雲似堯民曲徑傒。臣曾恭進唐張南本所畫《華封三祝圖》，内有老民跪迎雲竇間，即獻祝人也。松色欲分山色秀，泉聲時雜雨聲淒。高齋勝賞多新得，創義惟憑睿藻題。

山心精舍

山心静處會皇心，翠景風光自照臨。醞藉新詩古且澹，商量學問密而沉。深雲丹頂傳清唳，遠樹迦陵送梵音。如到匡廬揖五老，靈區那有一塵侵。

緑雲樓

松密榆高檞葉紛，層樓峭蒨恍凌雲。綺疏曉啟陰如染，碧瓦晴浮色未分。千疊峰巒留黛影，四垂簾幕湧波紋。依稀翠罣西湖駐，春柳鶯啼處處聞。西湖兩堤春柳，新緑如染，柳浪聞鶯處尤勝。

種塞花

晚花生塞垣，有若士處野。幽姿多傲霜，采之不盈把。移根植仙圃，雨後趁清暇。或依瘦石罅，或傍松陰下。異卉固所珍，小草亦勿捨。借以寓栽培，此致亦瀟灑。秋花本難老，誰爲後凋者。

濬川

種花花吐姿，濬川川不壅。上疏下無滯，自致渠鴻溶。小試畚牐勞，泥腳衆土擁。洎乎不日成，汩㶁秋波湧。樂此者維魚，鯽鯉魴鱖鮦。濼水所産。什伍如子來，工作無須董。

山雲一首

谽谺頫洞膚寸出，倏忽變幻亦奇矣。問之山神神不知，曰本無心一來此。偶占雲物聖人情，非霧非煙差可喜。

新　月

流雲碧空歛，纖月來清光。弓懸復瓦偃，《占雨説》：『月如懸弓，少雨多風。月如偃瓦，不求自下。』未合土鼓匡。《周禮·春官·籥章》『掌土鼓豳籥』注：『土鼓，以瓦爲匡。』夕涼禁鐘動，延賞開深堂。新月引新詩，幽致兩足償。輝方影圓句，刻畫陋沈郎。沈約詩：『方輝竟户入，圓影隙中來。』

清閒口號

偶然幾暇得清閒，悟徹危微樂孔顔。恭讀滿能招損句，格苗虞績會其間。『滿招憂亦在其間』，元韻句也。臣恭繹之下，仰見幾餘清暇，念及損益之由，默被誕敷之德，兩階干羽，來格七旬，行見緬匪革心敷德，班師自可旬日計者也。

雲南巡撫鄂寧奏報二麥有收詩以誌慰

民天爲國本，足食可使兵。即今南詔遠，睿慮之所縈。守土報歲稔，萬里無遁形。因時復度勢，自致邊徼平。雲集鄰境粟，尤需本省秔。軍實兩皆備，不日奏武成。攻匪貴用謀，扼要機智增。山谷如聚米，攻剿可長寧。

西峪

山隨徑轉西，薦爽於此遇。皴石隱丹青，響澗戛雲護。無事徵夏諺，斯遊呈一豫。颯颯風送時，滃滃雲生處。未獲蹕罕隨，賡吟但遥慕。

食蔗居

啖蜜混中邊，嘗蔗惟探本。行到山盡處，蔗境不在遠。顔以食蔗居，至人寓深藴。陟奥始豁然，曰近原非近。觀理惟推暨，蔗境可默準。

鸕鷀

烏鬼與白鷺，均所弗中鶩。一良而一匪，出没河之潯。二鳥同羽族，矰弋皆勿侵。恭讀鸕鷀篇，感臣昔吟襟。烏鬼、白鷺同爲水鳥，一則清潔可愛，一則鷙悍可憎。臣昔咏鷺有『瘦因辭彈射，逸可遠樊籠』句，而未作鸕鷀。今恭讀御製，仰見聖心扶善嫉惡，雖羽族之微，不少寬假，真與《緇衣》《巷伯》同旨云。殲之以去惡，幽叢難藏深。豈獨全水族，吐氣在林禽。殄一以扶衆，枉尺可直尋。且勿計多寡，不哉天地心。

即事

稼穡祈康年，廑念宸衷早。守土擔其職，先後以成報。七省既輪蠲，閭閻盈萬寶。九重恤民心，揭示昭若曉。偏災近江濱，暑雨偶成潦。王政無向隅，行惠詎遺小。仰荷覆載恩，賑撫起流殍。臣居鄉里間，景物見美好。賡歌答唐虞，太平瞻有道。

鶴二首

來或翩翩去或颺，仙禽只合在仙莊。生依文囿無他慕，終惠惟知飫稻粱。

不逐飛鴻鳴野渚，寧隨蒼鹿上巖椒。脩容常學山鷄舞，潔白心從鏡裏昭。

晴

昨朝雲容淰淰垂，今日兩腳行收盡。默念兩時暘亦時，林際懽聲鵲相引。斷壺剥棗村舍忙，一望黃雲曝畦畛。民食今年迄用康，皇心惟時若兹允。由來肅乂重休徵，益凛敕幾夙夜謹。

敞晴齋

陽陂路轉陰崖隈，豁然四敞開晴齋。宸襟要與名理會，山色自送清風來。勝地經旬始一到，幾暇憩坐誠佳哉。昨歲璇題耀丹壁，琅玕芝草香光迫。喜晴重續望雨詩，旨愜天心順所適。

繪韻樓

高樓罨如畫，締搆得妙韻。人工奪天巧，摩詰真後進。形勢無端倪，一氣寫神運。松吹來層空，嵐光幻奇峻。臣家什襲珍，壽石含清潤。臣所寶藏恩賜御筆《橋梓圖》，敬壽貞珉，凡來拜讀者，無不欽伏，嘆爲見所未見。多能仰生知，落墨見天分。

泛月作歌

月不與秋期，湖亦不與月相約。去聲聖人乘秋夜泛，乃自與月成遭逢。況當今年七月閏，青銅兩度磨出高挂湖當中。是時塞垣諸峰各各浸清魄，湖上亭館一碧掩映呈虚空。蘭舟命榜迤邐進佳境，次第曲曲輸清供。蓬萊方丈應接在眉睫，水月互映倒插金芙蓉。鹿鳴鶴唳音雜萬籟散空際，松濤隔水相和曲奏如玲瓏。此間風月山川和會競獻秀，宸居結撰天造非人工。

月照水而愈澄，山遇秋而益爽，捨舟而陸。浩然風露，又見一輪明月隨花驄。

策　馬

省斂當幾暇，維魚占若何。老農家室聚，樂歲笑言多。菜熟沿村鬻，豚肥上市過。有年呈馬首，還命薄徵科。

夜月山遊四首

待月東山夜景遲，瑶臺仙子一招之。須臾捧出光明鏡，下界紅燃蠟炬時。
何妨秉燭事遊觀，旌旆輕颸接廣寒。衆皺秋山皆入畫，一灣明月自隨鞍。
桂子曾從靈鷲拾，銀槎嘗與水仙逢。恭吟睿藻欽詩格，直上蓬萊第一重。
風露珊珊碧樹浮，呼名山鳥亦嚶呦。秋山更比春山爽，況有冰輪助夜遊。

桂

獨秀幽岩色，迎秋細蘂芬。月中傳早發，天上有真聞。清籍常教領，微香不待薰。木樨參隱義，妙悟欲何云。用黄庭堅與僧晦堂詮釋問答語。

重葺獅子園落成奉皇太后遊覽詩以誌事

舊締園林重治之，堯階碶碱琢温其。垣墉祇仰貽謀善，堂搆重遵昔制爲。樹木風煙縈瑞氣，澗溪洄洑湧神池。竹苞松茂慈寧福，長奉觀遊展孝思。

登四面雲山亭子作歌

蔚藍天宇晴光皛，秋日登臨覺秋好。雲生幽澗湧濤頭，黛掃中峰出林表。翠華直上最高亭，縹緲人間仰帝庭。河漢西流虚繚白，鴈鴻南去遠縈青。閑繙新誌開山面，塞外諸峰可遞按。歌成半晌眷皇情，回澗琤琮水流慢。

遲　鹿

遲鹿非即鹿，幾餘一寄欣。渡溪香帶草，伴石冷眠雲。遊爲避人遠，鳴因求友聞。當年文囿樂，咸若總無分。

紅葉二首

年年秋獮嶂雲青，落葉都從馬上聽。今日題詩贈紅葉，錘峰峰外數上聲星星。

誰把春花比並紅，臙脂一抹未曾融。夜來村落微霜後，曉望千林便不同。

即　景

朝涼夕爽句隨拈，賞攬風光致未厭。松倚巖扉聞子落，麝眠苔徑覺香添。山中鳴鹿行將哨，塞外溪魚冷欲潛。妙理每從遊處得，對時育物總能兼。

題長水讀書圖有序

壬申秋，予蒙聖恩予假歸長水，先後爲兒女輩辦婚嫁事。第六女汝玉，自幼許字蜀安居王樓山中丞幼子汝璧。中丞身後蕭然，貧不能娶。聞予懸車，汝璧侍母及其兄汝嘉，并蒼頭僕數輩來詣予，蓋欲就婚緻齋，且請予肄業。顧舊廬偪仄，無托足處，爲覓附近數椽，諏日令六女完聚。汝璧兄弟篤守先訓，力學不怠，予亦時加訓迪，不數年而學大進。汝璧以丙戌科成進士，分吏部銓曹。汝嘉於乙酉科領蜀闈解元。丁亥秋，汝璧乞假省母。期滿，奉母及六女北上，屬陳生命作《長水讀書圖》，以識學問所自。予愧不敢當，特念予與樓山中丞同館友善，没後遺孤露二子，未三十年而見其成立，予藉以復我友，是可幸已。二子來自蜀，筍束數卷書。奉母七千里，叩我長水居。我時方示疾，優詔歸田廬。老宅未補葺，卑湫枕城隅。百口分間界，置榻如懸簽。忽聞遠客至，倉卒謀須臾。賃房取近側，數椽依范湖。科量及斐几，摒擋瓶與瓻。計分鄉俸粟，鹽豉通清廚。二子竦然敬，長跪尊範模。予曰爾無庸，是誰之責歟。予素抱微尚，種樹猶區區。矧茲平生交，忍此孤露且。諏日開講席，雅雅而魚魚。謂是勞遠涉，吾姑示之麤。如乳方點酪，瑩潤融醍醐。談經參妙理，領奧遺皮膚。風騷識廣大，齊力相步趨。猛省試以難，軋軋抽夙儲。人百而己十，猶愧己不如。窮我架上籍，亂髮供爬梳。聯翩貢太學，季也騰天衢。阿兄後三載，賓興領蜀都。季昨魁南宮，清要傳家譽。樓山中丞由翰林改銓部掌選。涼秋攜眷北，檣燈明舳艫。予重别愛女，拭淚憐屋烏。自慚六一老，結契於三蘇。曩銘明允墓，宿草居諸徂。衰齡見二子，業成同璉瑚。文章枝葉耳，執德爲根株。幸際文明代，制作追唐虞。盈廷列衆正，受益惟衷虚。乞憲贈令言，其毋忘厥初。

輓范松岩司空

潯南一曲碧環環，耆德云亡不可攀。弱歲拾芹聯泮水，衰齡賜杖接香山。辛巳冬，予與先生同拜賜杖。懷人席冷絲桐撤，眷舊恩深玉醴頒。淚灑西齋成獨立，那堪梅雨正潺湲。

泛舟訪祝孝廉明甫不值因題一首

丁字橋邊泊小舟，到門涼月正當頭。盆花傍广香仍襲，鄰竹過墻翠欲浮。奉母人傳通德在，移居家具賜書留。擘箋擬作銷寒會，還許盧仝雪夜投。

冬日招商别駕雲笠祝孝廉西澗從孫椒嵒小集樂順堂分韻得門字

吾衰今見爾，洛學有根源。正則分詩派，清才蘊藝門。平生微尚在，珍重一言存。盛世資良牧，誰將悃愊論。

春帖子

茂長年華盛，滋培士穀昌。戊義取茂，子以滋培，稽驗律書干支，皆符嘉應。八風調淑氣，三素正農祥。

芳信頭番遞玉梅，鼕鼕臘鼓似春雷。早傳夜雪擒元濟，爆竹聲中報捷來。

寶勝銀旛麗紫霄，歡承彩舞進雲韶。韶年添得慈顔豫，蕃衍春屏慶頌椒。今秋，恭聞皇上有誕毓曾孫之喜。聖主春秋方富，祥衍孫曾，皇太后介祉璇闈，慶綿五代，足徵福德兼備云。

香樹齋詩續集卷二十五

恭和御製生春詩二十首元韻

何處生春早，春生睿慮中。一誠惟不貳，萬彙自同風。似杓初旋轉，如璣必貫融。皇心乘木德，發育日叢叢。

何處生春早，春生愛日中。瑞煙呈壽字，旭靄罥和風。無曈三元正，常調六氣融。承歡聯五代，玉樹見新叢。

何處生春早，春生鞭響中。千牛排綵仗，鵁鶄起晴風。萬國衣冠會，元辰禮數融。掖門賓九譯，舞蹈自成叢。

何處生春早，春生三殿中。太和呈景運，保合播休風。一氣包寰宇，三光會協融。觚稜金碧麗，蔥鬱慶霄叢。

何處生春早，春生天藻中。思通方見聖，力厚乃培風。翰墨隨年進，文章與道融。萬花齊到筆，乘興發芝叢。

何處生春早，春生椒頌中。言言霏吉語，幅幅起香風。開處瑶筐匝，吟成寶勝融。小除傳令節，點綴百花叢。

何處生春早，春生錫賚中。臣民孚一德，内外被仁風。誼美昇平象，情聯上下融。殿頭傳賜福，懷袖滿柑叢。小除前數日，傳王公大臣、内廷翰林面領御書福字，並頒内府食物果品有差。

何處生春早，春生綵燕中。輕宜綴金縷，斜恰受東風。甲帳屠蘇暖，辛盤氣味融。唐花温室供，飛欲上香叢。

何處生春早，春生泰簇中。青圭迎淑景，玉律應條風。已驗農祥正，先占土脈融。歸昌鳴盛世，嶰谷茁芳叢。

何處生春早，春生人日中。最靈頭上勝，人日曰最靈辰。送喜閣前風。國泰年方順，民安物自融。老農挑菜把，一本一爲叢。

何處生春早，春生穀誕中。民天脩上瑞，祚首協祥風。祈歲昭乾惕，維時慶洽融。自今書大有，萬寶兆豐叢。

何處生春早，春生如意中。對時承祖澤，取義本家風。聖祖每於嘉平染翰，多書『歲歲平安』『年年如意』字樣。世宗亦每書此。皇上御榻傍每列如意，臣工以此恭進九如之祝者，間亦存之。戩穀升恒協，含苞節候融。青陽知在握，持應欲開叢。

何處生春早，春生豐玉中。既占三素瑞，還驗五花風。碧瓦流初潤，茆檐壓未融。更看獅象戲，堆砌結幽叢。

何處生春早，春生御苑中。鳥啼移緩吹，香篆裊微風。梅放簾初捲，冰澌水自融。諸藩皆入會，火戲起林叢。每歲外藩得與朝正者，上於御園賜觀煙火。

何處生春早，春生燈市中。金吾弛禁令，御史有威風。京師正月十四至十六爲燈節，外城各懸燈結綵，以應節氣。三日内金吾不禁，每夜有巡城御史，至市查點禁醉酒譁嚷者，本坊以紅燈數十導引，人多豔之。羊角光常熖，秧歌調自融。當年曾誤馬，也入小兒叢。

何處生春早，春生月竃中。新疆開肇域，萬里度皇風。款附毗連合，耕屯氣候融。行看玉河外，柳色幾千叢。近聞和闐産玉河邊有種柳者。

何處生春早，春生六詔中。德威光北闕，凱奏自南風。南風，亦曰凱風。罙入皇師整，連騰士氣融。虞廷書底績，干羽兩階叢。時命將南征，緬匪恃其險阻，皇上德威遠播，行見小蠢革面。虞廷底績班師，當再見今日也。

何處生春早，春生澤國中。是梅多帶雪，爲柳必招風。雨露天漿浥，陽和御氣融。平江晴一望，草色正添叢。

何處生春早，春生紫陌中。浮元三户俗，爆竹五更風。四日迎竃，五日迎利市，居民於五更，用爆竹迓祀。社鼓祈蠶祖，田柴拜祝融。禾俗每於新歲，取薪焚田中，以驗歲之豐歉，謂之『田柴火』。還聽太平響，鐵撥應街叢。

何處生春早，春生杖履中。扶將添健足，辛巳冬，臣祝釐入朝，蒙恩賜杖。長養趁和風。引領恩光溥，凝思湛露融。聖朝隆憲乞，採到野人叢。此次御製生春詩，蒙硃批命和，衰老家居，復得敕與近侍賡颺之列，曷勝忭舞。

題李蓮塘太守小影

薰風初鳴蟬，林塘生衆緑。高柳翳流雲，新荷散微馥。愛兹一寸陰，俯鑒半泓渌。清景任蔽虧，輕漣自濯足。小立方據梧，假寐已忘鹿。象外得真賞，會遠非遐矚。峭蒨石骨張，堅固焦心束。此中有韋郎，燕寢香風沃。

題新安吴孝子刲股傳後

豫堂作傳東村紀，奇孝真堪感路人。寄語世間爲母者，鳲鳩那得不平均。

峻亭瑪公自甬東移守吾郡題便面奉贈

風映雙旌颺七旒，輕翻麥穗滿平疇。耆耇纔送劉明府，童穉還迎郭細侯。甘澍隨來長水闊，清聲併入甬江流。公守四明八載，父老聞調任，頗切去思。神明要自閒嘉石，庭樹陰濃鶴和幽。

三月廿九夜諸子分韻作詩送春得還字

九十春光猶覺少，如何一日尚教刪。蠶孃箔滿隨眠起，燕子巢成自往還。不愛種花閒掃帚，無心遲去聲客静銅鐶。瘴消遠徼皇師入，佇見長繩縛緬頑。緬路幽塞，春時瘴發侵人。盛夏後，大兵進剿。

題長亭劇

靴壓草痕平似砑，車隨馬轉簇成圍。憑他一掬相思淚，斷送斜陽幾寸暉。

送歐陽蘭畦方伯之任粵東

國恩虞典三年績，家學廬陵一瓣香。此先生蒞秉臬任，過敝郡時奉贈聯語。不獨愛民兼愛士，攀轅人會拜文昌。

庶獄正平廷尉石，節麾又指越王臺。班春嶺嶠花如錦，惜别江潮海一盃。

召棠陰覆接芳隄，盛世聲華丹徼齊。宦蹟鄉譽在人口，輿歌不隔粵東西。

梅岑上舍新婚後來謁贈二絶句

隨園圖裏曾相見，玉樹聯翩尹與陳。袁大令《隨園圖》中，沈歸愚尚書、蔣心餘編脩、尹節相公子及梅岑與焉，曾囑予題詩。剥啄今來真識面，鳶肩火色豈長貧。

只合丰姿傍鏡臺，題成卻扇太真才。袖中一卷東萊議，知是客從妝閣來。

元配俞夫人側室沈孺人葬南石村已逾四紀乾隆三十二年冬兒子汝誠兄弟營葬繼室俞夫人且爲予營壽穴擇日移南石村二柩同葬新塋詣柩次一奠愴焉有作

地下相依屬娣㚷，牛眠皎卜妥清魂。夫榮空説千行首，子貴還膺八座尊。始得展眉攜後輩，終當執手踐初言。三朝一老猶强健，自領孫曾拜墓門。

予於丁亥五月書東坡題鄢陵王主簿所畫折枝二首寄望山相公公極愛予書曾寓書於予云承惠書畫箑昕夕展玩不忍釋手惜非寄懷之詩未愜所望乃即用坡韻辱贈情致拳勤有令人不能忘者大雅云仲山甫永懷以慰其心古今人有同趣耶相公詩從郵吏寄予塗次濡滯遲兩月方至遂依韻爲答

虞廷咨儆日，贊襄毗臣鄰。雲門自膠漆，颾拜依聖人。與君三朝舊，相知老如新。相知便相憶，真意能通神。辱贈瓊瑶詞，纏綿復停匀。臨風一高唱，藹然感陽春。

我昔示疾歸，飄如散花女。君今應平格，望歲作霖雨。翊戴際良時，帷幄期萬舉。自公得清暇，潑墨成釵股。千里惠雙魚，深情溢毫楮。尼山有未見，勖哉副其語。

附原作　丁亥五日香樹先生遠寄畫扇録東坡詩二首並索予近句因即用坡韻寄懷

尹繼善

自古稱知己，天涯若比鄰。何處繫相思，煙雨樓邊人。寄我畫高松，灑墨老逾新。霜皮含翠色，虬幹尤精神。數行斜點筆，婀娜復停匀。披圖識遠意，百歲同青春。

閒居樂若何，繞膝多兒女。青蒼檻外山，淅瀝湖中雨。月夕與花晨，景物難枚舉。拈毫念我時，斯螽方動股。兩地別離情，纏綿託寸楮。更望寄新章，恍如聞笑語。

戊子天中節前二日，群既手録兩家倡和詩，復取東坡詩讀之，詳味詩旨，通體畫折枝筆法，而兩章末句，一章云：『誰言一點紅，解寄無邊春。』二章云：『懸知君能詩，寄聲求妙語。』由前之言，予雖不作詩，而借坡言以達寸心於老友，由後之言，若早知望山相公愛吟，見之自有好詩投贈香樹也。昨歲清和，遣家人齎摺北上。本擬作寄懷詩伴函者，乃衰齡心思短淺，信手取案頭蘇詩，翻得一頁，見此二詩疎澹，即録箋頭奉寄。由今思之，東坡於七百年前，若早爲尹、錢兩後進預爲料量詩話者。少陵詩云：『宫中聖人奏雲門，天下友朋皆膠漆。』由繹詩義，有泛愛、親仁兩意寓焉。幸際明良之世，上有堯舜君，下有皋夔佐，和氣所感，自然交孚。矧予與望山，從康熙間詩文莫逆，五十餘年，契分如一日。坡翁有知，亦應增美。聲音之道，感人最深，和而不流，群而不黨，其在斯乎。香樹居士跋。

題張映緑上舍采菊娱親圖

難老秋容傍晚笆，母慈子孝善人家。閒翻宵雅裁新什，笑指黄華是白華。

魚亭西曹出所藏先太夫人畫箑請予評判真贋余奉軸諦視恍然記憶年未弱冠時侍母往來澉上取道横山金粟諸湖橋低坐小舟以進太夫人性耽繪事所擕絹素篷牕苦不便展舒乃取箑頭數握隨手作小景謂予曰此黄筌趙昌輩能事也吾不耐爲此如舟次狹小何予曰繪事旨趣貴有生意東坡題小景畫云誰言一點紅解寄無邊春景固無分大小也太夫人頷之後爲好事者購去閲六十餘年又復見此碧柳朱華浣風濯露猶彷彿船唇侍立時也手澤之感其能去於懷哉敬題一絶並識緣起以復

截取湖光一段春，調朱配粉至今新。瓣香幸入門生手，印證當年侍畫人。

六月八日同沈子劍舟登舟至武林途中用東坡宿臨安净土寺韻

訪友事輕程，魚亭屢約予遊西湖。放棹日卓午。餉饋田婦忙，戽水農家務。雲衣暗橋門，火繖浮天宇。柳色入村煙，菱蔓緣溪縷。仿帖領古香，試荈瀹花乳。鳴蟬若相隨，過鳥不可數。已聞晚飰鐘，正近斜陽隖。白髮苦煩蒸，生衣怯風露。檣燈挾岸移，野渡聞人語。行漱寶幢泉，遂指武林路。平生慕信脩，溽響不一顧。明朝見故人，卮酒足仰俯。

出艮山門舟中看兩岸白蓮用東坡記所見開元寺吴道子畫佛滅度韻時以先武肅祠歲久就圮，觸暑白當塗，循例脩葺。

翻身便學尊者法，指點受記降童狻。髮長千丈不到地，諦示萬品皆隨肩。火雲一舸出闤市，篷牕瞥見雪色蓮。濃陰淡抹垂柳外，別有香界空諸天。净明自浣佛鉢水，供養暗受天目泉。出塵國色不受涴，印川明月多成圓。往時跋馬過匡阜，一弔處士稽星躔。而今高卧枌榆社，生涯釣水還耕煙。射潮奇烈炳史策，餘蔭猶記先民傳。奈何祗席忘所自，如飽嘉穀遺艱鮮。大哉皇恩表功德，巡方特典親臨觀。上巡浙四次，俱蒙遺官諭祭，復親幸先祠，賜詩褒嘉。又復賜題鐵券，寵榮壘沛，存没感戴。

望山相公用東坡題郭熙秋山平遠圖詩見懷且言將扈蹕至木蘭即次韻奉答

端居懷友清且閒，故人顔色如秋山。三年一别各千里，有夢時到青雲間。丁寧一語爲寄遠，昇平事業何曾晚。雙魚昨喜渡晴川，高鴻又見落蒼巘。南國詩人髩已霜，杖藜徙倚當斜陽。斜陽亦似解人意，雲端故故回餘光。紫塞凉生扈從日，樹多於薺山一髮。題詩遥寄塞雲深，天上知音託仙石。

附原作　戊子午日香樹先生以東坡題郭熙秋山平遠圖詩書箑頭見寄即用其韻漫成寄懷並索和　尹繼善

林泉歲月何寬閒，羨公湖水環家山。聞有荷花香數里，杖屨常在煙雲間。回首白門事不遠，停車記趁楓林晚。彩虹橋外紫峰高，結伴扶筇登絶巘。庚辰秋，先生奉命，曾遊攝山。別來幾度易星霜，南國音書盼夕陽。久無新篇寄老友，屏幛何以生輝光。嗟予精力非當日，勉作長歌懷鶴髮。何處開緘讀我詩，定倚青松坐白石。

輓鍾芬齋閣學

當年珥筆直西清，家學人稱是皓嶸。藜閣書聲傳紫禁，星騶化雨灑金城。昨聞詔許循陔養，一見顏開倒屣迎。不謂蓬山舊同侶，蕭晨和泪寫銘旌。芬齋與兒子汝誠同館相厚。

宮怡雲方伯靈櫬歸高密以詩送之

子舍齊眉樂，官齋彈指中。如何養未逮，翻恨祭難豐。鴛水留詩客，金陀作寓公。海棠花下酒，蘭若檻前風。各領兒孫到，真成臭味同。平生賀監老，愁絶謫仙翁。誄郭才慚弱，令嗣昨歲乞予誌公遂石。呼張泪已空。用張劭、范式事。最憐蒿里曲，聲落岱雲東。

題仿米雨景

畫師拖墨雲滿紙，頼背村農望之喜。屏翳空中自點頭，吹潤良苗一千里。

重陽日摺使歸自熱河得望山相公再疊東坡題郭熙秋山平遠圖詩韻見懷索和一首

幾務贊决退食閒，直廬飽看興州山。南望高鴻落天外，故人尺素飛雲間。白頭延佇蓬瀛遠，仙家瑶草秋將晚。時當扈從獮政成，騣騣賜馬過蒼巘。夜來輦路點微霜，六龍曉渡灤水陽。天章敕和及衰老，向榮弱植被恩光。時頒到恩賞緞疋，並寄御製詩數十首命和。新篇附到題糕日，循環披讀搔吟髮。平生不愛女郎詩，竟夕忘疲爲山石。東坡曾夜讀退之《山石》詩，凡數十遍，牕紙將白，竟忘睡也。

附原作　熱河寓齋接香樹太傅和詩數千里外如親笑語朗吟數過感喜并並仍疊前韻寄懷即以代簡

尹繼善

忙中心境自清閒，扈蹕重登塞外出。問予居停借何處，西溝茅屋兩三間。懷人目望南雲遠，鴻雁書來天將晚。開緘再拜誦新詩，笑倚晴牕對碧巘。眼前白露欲爲霜，黄花節又近重陽。屈指别來忽三載，幾見春光與秋光。吴門唱和感昔日，千里相知兩鶴髮。喜聞腰腳尚康强，無杖仍能踏泉石。

戊子秋王白齋司農國石堂學士典試兩江榜發後却寄三絶句

長慶流傳譚柄資，争看白傅與微之。元、白同至浙，杭、越兩州士文争看者闐塗塞巷，至導馬不得前。兩公謂曰：『爾等來看兩學士耶？』齊聲云：『今日要見平昔所聞之元、白耳。』休將官職來相比，午夜論文水乳時。『官職比君雖較小。』香山贈微之句也。

當年選佛會同參，丹地聲名早出藍。爲語江南諸弟子，白頭原憲老猶慚。予自壬申予告歸里，叨沐主恩，體卹備至，退傅林栖，尚糜天家厚糈。每念趨直禁籞，躬際昇平，毫無報稱，時深悚愧。昨主司以《憲問》『恥』九字命題，其警惕當官者至矣。僕雖衰耄，猶欲以清夜自矢者，與此邦名列賢書諸子，共相敦勵云。

附和韻

王際華

詔許遊山一盪胸，扶節曾上最高峰。使星歸路攀躋處，可報平安與九松。九株松，栖霞勝概之一。壬午秋，兒子汝誠再典兩江試事，上命陳群一遊攝山，便與汝誠相見，蓋主司公事竣，多於此一覽睇也。

司衡南國有師資，兩度聲名重立之。司農立之世講，爲吾師長子，兩典此邦試事，至今言衡鑒之精者，必曰錢某也。因以輿論，所稱爲韻，非敢唐突强借耳。竊取鯉庭香一瓣，掄元可証賞心時。榜首張曾敭，壬午爲立之司農激賞，已列前茅，爲官生，習禮僅有一卷，跡嫌而止。今以民卷詩經領解，一時翕然稱允。内監試高司馬暨房考數人，先在壬午闈中目擊其事，言之最詳。

師門玉尺每追參，本本原來都有藍。箇裏毫釐千里別，步趨容易説無慚。吾師典試楚中，總裁會試，兩至江西。際華以淺植頻膺異數，亦至楚中、江右。癸未，與南宫試事，今復忝是役。御命所至，皆大賢垂範於前，步趨不敢不勉，而本源尤所不敢忘云爾。

驪珠一握捧當胸，原討書箋以示。賜杖神飛到攝峰。敬識起居儲顧問，喬柯露浥健如松。昨年吾師與少農蒙恩賜《橋梓圖》，恩榮佳話，千古獨擅，故云。

恭和御製翰林院宴畢駕幸貢院七律四首元韻四詩當載初集中，偶遺存稿，補刊於此。

燦爛文昌拱北辰，垂芒下照帝城闉。時清真見才師濟，主聖偏知士苦辛。樺燭閃風吟卷地，青衫似草計偕人。拜瞻天仗聞天語，輦路如隨有腳春。

人間有路接中台，鎖院曾量斗石才。試已至三亦足矣，拔能得五儘佳哉。晷移蝸舍千行列，雲擁龍門四扇開。最憶年時文戰北，蹣跚六七番曾來。臣陳群曾應京兆試五，南宮試三，而成進士。

羽儀王國待扶摶，不是尋常挾策干。擢秀鄧林心匠巧，求珠赤水夜光難。瀾翻舌本推文傑，冰作頭銜屬試官。珍重至尊延訪意，摩抄莫厭漏聲殘。

花開桂落寫升沉，七字宸章萬遍吟。求士何妨求驥比，愛才真與愛民深。華簪自昔憐初服，玉笋經春戀故林。寒畯一時齊忭舞，敢將志業答皇心。

敬題先慈所畫出海觀音像鬘面衣袽千萬縷，皆一筆自成，莫可尋其起止。使龍眠、十洲見之，亦應咋舌。

萬里波濤萬里平，萬年自在萬年清。十方善信同瞻仰，無縫天衣一筆成。

子貢手植楷杖銘

非榮非悴理文體直，一莖千齡端木所植。木之端兮惟人之模，人之端兮許爾與俱。

兒子汝誠久病初愈以臨仿碑版遺意予所藏松雪手蹟二種及予新刊綿潭山館長卷付之題一絶句

楷法曾分汲黯帖，散行還有衛生歌。新刊長卷綿潭句，野鶩家雞入細摩。

題汪氏水香園册子

未識主人面，展圖見山水。主人成雲煙，存者盈尺耳。昔日題詩人，高叫不可起。前浪吹既東，後浪亦如此。九共與鳩方，出壁半已毁。詩逸僅名篇，嗜古飫糠粃。美爲愛所傳，悦目會深旨。雲仍世守之，人壽那如紙。

題楊大令板輿奉母圖

循陔詠采蘭，禄養當何如。東征就曹穀，豈同賦閑居。愛此春日佳，花間自將車。稚孫三兩輩，扶杖争前趨。用博慈顔喜，一枝映華裾。伯氏宰長水，走也歸田廬。偃室雖不遠，鄭履終常疎。令兄青螺大令，官秀水，多善政。時予予告里居，邑治距敝廬近，歲時于公所繼見外，踪跡甚疎。吏局多遷徙，綰綬仍銅符。夙承賢母訓，砥節懸封魚。即今棣州境，子舍開新區。板輿散衙際，戲綵鳴琴餘。作詩貽彤史，清白爲世樵。

題攀梅美人圖

人言一點紅，解寄無邊春。卿今折長枝，送春與何人。環珮既豔麗，包裹亦鮮新。豈是矜可服，不輕予笑顰。

歲暮宁青出青蚨請賽百紅戲傚石湖樂府打灰堆意

肩錢稚子雨中來，轉眼東風布穀催。早卜耕蠶處處好，口占詩當打灰堆。

和查他山先生種花四首次韻

十年辭故園，京邑誤馳騁。小甜立庭陬，物理涵虚静。輕雲暖微卉，生意差可領。清暉媚幽獨，芳菲戀俄頃。灌溉信有資，切勿近眢井。

雜松陳花市，葱蒨非凡種。雨露既因時，盆盎復承寵。百錢買之歸，肩荷奚童勇。成陰自非易，舊栽未盈拱。

榮悴若有時，莫謾仇東風。東風信有私，至理秉化工。達人自玆悟，俯仰將毋同。不教田號石，勿使山稱童。我愛李衡老，任勞頗不匱。植樹江潭間，歲致千縑利。竹頭及木屑，志士不忍棄。力惡藏於身，貨惡委於地。再賡種花詩，慨焉發長喟。

咏栗

野老摘山栗，霜風樹樹寒。劈開新蠟樣，脱手小金丸。飢雀難分啄，癡兒覓一餐。嬾殘煨半芋，候火欲同看。

予少作遺忘甚夥，偶於戚懿間，得舊稿一册，内種花咏栗，皆未第時，與初白前輩倡酬之什。補入近稿，亦不棄著簪意也。

秋夜過慎思堂歸聽諸孫夜讀

子舍仍歸路，蝦蟆報二更。深沈鄰析響，斷續砌蛩鳴。風細篷輿穩，星稀蠟炬明。最憐燈帳裏，猶送讀書聲。

題文姬歸漢圖

導歸漢節踏層冰，十八胡笳拍可曾。前人謂《十八拍》乃六朝人擬作，非出文姬手也。此去若過青塚路，自應有淚洒西陵。

香樹齋詩續集卷二十六

奉敕恭和御製詩四十首

孟秋恭奉皇太后幸避暑山莊啟蹕之作

順時諏吉奉慈安，擊壤徵歌繪至懽。愛日風光增美利，祥雲布濩自旋盤。行秋先導開晴景，省斂初程試曉鞍。甸服恩施成永被，民心寬協聖心寬。

午　熱

問俗秋郊午，輕塵上旆旌。即看餘暑在，此卜大田成。雀近馬頭噪，蟬移柳外鳴。對時宣節候，吟罷一怡情。

早　涼

初日已全曙，曉星猶半方。行旌和露重，隄柳入煙長。懷葛風如昔，綯茅俗未忘。添衣成小憇，多稼漸雲黄。臣恭和元韻，至《早涼》一詩，詩境自然，澹而彌旨，沉吟移時，不能下筆。因思康熙間，有高州大守鄭梁，曾作《曉行》詩，有『野水無橋牽馬渡，曉星如月照人行』之句。一時詩家，多爲延譽，稱爲『鄭曉行』。臣嘗讀而愛之，謂與唐人『雞聲茅店月，人跡板橋霜』詩品相類。因附識於此，冀邀睿覽，以供一笑云。

巡九松山放歌

山以松名松以九，猶之田盤之嶺，遂以萬得名。是萬爲九，九分萬，離奇蒼翠皆抱雲根生。吾皇秋巡適過此，松風拂澗時玎笙。簧鳴龍蟠師蹲各各標形勢，正如群后端冕搢笏朝鳳城。天聲作歌振天籟，莫不敲金戛玉自得松性情。昔人謂善畫馬者，皆能得馬性情，詩道亦爾。歷代諸名家，如吴均、范雲、李白、杜甫、白居易、林逋、王安石、蘇軾之流，各有咏松詩，類皆節取。臣恭讀《御製集》百餘卷中，過九松山凡六七首，又咏松各體三十餘篇，皆體格古渾，其超出前代詩家者，以天趣高逸，自得蒼官性情耳。

遥亭行宫晚坐

輦道密雲驛，薰風上林館。徐黍正鋪菜，溝塍自清淺。年年玉輅過，喜值炎氛遣。帷宫暮涼生，緗帙古香展。勤民眷睿情，納鉢有常典。

南天門攬勝軒作

如繩馳道接雲達，閶闔曈曨曉霧披。錦樹迎鑾餘好色，螺峰翊輦更多姿。洞開直似重門闢，勝概全收一攬時。呼吸輿情通帝座，皇言猶自廑於兹。元韻『九關虎豹騷人賦，寓意吾猶懼在兹』，仰見皇上遐邇一體之盛心，與古聖念兹在兹、釋兹在兹之義，有默契云。

出古北口

秋獮年年家法遵，六龍時邁慰邊民。八荒在宥真無外，笑指長城陋漢秦。亭館東西舊歇涼，元時古北口沿路多涼亭。賜東西涼亭軍士糧鈔。山垣秋爽襲衣裳。勤民歲歲思多稼，喜見連畦接陌黄。紆迴留斡嶺邊蹊，古北口，一名留斡嶺，見《金史》。父老耕耰力作齊。柳外斜陽帶牛背，壠頭軋軋轉車輗。

駐喀喇河屯

方言猶指舊時城，薦爽秋郊爲眼明。來百年千藩室覲，餘三餘一塞農耕。展親恩誼惟逾篤，省斂風光最愛晴。明發灤陽衹卅里，吉行迤邐指霓旌。

灤陽別墅有會

山水有方位，互爲陽與陰。行館開灤陽，是水之北潯。聖人藴仁智，會意寓登臨。何必按爾雅，始一試酌斟。詮義識以詩，其見天地心。

至避暑山莊作

蹕路行來未滿旬，自京師至山莊，計程纔六七日。康衢父老仰皇仁。於今盛世歌年有，自昔山莊按歲巡。聖祖每歲夏秋幸避暑山莊，上法祖勤民，必按期蒞止。樸俗傳家惟戀主，宸遊乘令爲勤民。吟情早動鍾鋒外，爽挹秋山不厭頻。

秀起堂

雲峰上上頭，眺賞睿篇留。第一山莊秀，屢豐塞外秋。參差丹巘疊，曲折玉泉流。遥望霜林葉，因風入古溝。

題宜照齋

毓靈山勢原依北，遞爽山光恰向西。静構軒楹延霽色，嘉名齋閣仰新題。瑽琤泉韻住家遠，點綴花枝正合保。慚愧駑駘徒企望，幾時珥筆可重攜。臣雖衰老家居，每賡和宸章，不惟追憶向日扈從景物，即凡新闢勝境名齋，猶冀有生之日，再隨豹尾，一遂游歌矢音之願，實犬馬依戀之誠，有出於不自知也。

就松室

松霞昨歲得句新，就松仙館今始築。養就虬鱗幹拂櫚，結成偃蓋雲生屋。清陰滿地鶴步紓，黛色參天濤籟謖。會見蟠根長茯苓，喚取長鑱斸未足。

出麗正門恭迎皇太后駕至避暑山莊作

引領安輿到未遲，宵衣昨夜問何其。曈曈曙色依清蹕，坦坦秋程早肅逵。三色雲容兼五色，萬斯禾囷又千斯。塞垣婦子歡迎處，夾道香花慶集禧。

雲潤樓

由來膚寸雲，能生千里潤。薄從簷際宿，飛向牕中迅。有時成慶喬，紖縵如紳縉。侍從亦沾衣，天題仰共信。元韻『自下而觀者，蜃閣猶疑信』，寫縹緲雲容，有大千在掌握中氣象。恭和至此，益服繪影之妙。

山中

早涼午熱晚復涼，山中氣候亦有常。至人調御會至理，薰絃一撫符垂裳。鳥獸草木自咸若，伊尼博碩黍秫黃。對時育物攄睿藻，雲影澹淹霏天光。

率題

由來好句本天成，橐籥洪鈞蘊至精。每誦宸章仰雲漢，方知才薄費經營。元韻以『率題』命題，恰詮出論詩真諦。仰見聖學高深，與日俱新。至『以拙成』三字，豈惟詩哉，作書、繪事到極妙處，亦如是也。知蓋天下，守之以愚，道德五千，胥此旨耳。

獅子園六咏

山色

山有太古色，對之道心生。迎秋發澄霽，坐愜樂山情。

溪聲

溪水帶雨急，溪聲憑欄收。何人抱緑綺，一寫跳珠流。

鳥語

青鸖似笙磬，王嘉《拾遺記》：『青鸖鳴時太平，其聲似鐘磬笙竽。』時樂鳥名稱太平。有時傳逸響，能作迦陵聲。

蛩吟

涼城鳴莎雞，秋意自可見。萬里激壯夫，三場酣文戰。時直省屆鄉試期。

砌花

笑時多向日，『向日分千笑』，唐太宗詠花句。繁處燦於星。即是恒春樹，誰言只暫馨。杜甫詩『寒花只暫香』。

庭草

庭草不須薙，翠色時紛披。偶契濂溪語，何慮復何思。周敦頤不去庭草，謂有生意。

荷二首

六月先看太液花，塞荷七月尚蒸霞。天家自是恩波闊，日照承光總不差。《三輔黃圖》：『太液池有低光荷，日照則葉低蔭根莖，若葵之衛足。』

紅蓼芙蓉伴晚芬，胎禽白鷺偶爲群。分明玉女峰頭見，一朵荷花一丈雲。

鶴

仙圃有仙翮，能集復能颺。要自適飲啄，何弗時迴翔。豈同雁南北，終歲謀稻粱。托身在文囿，濯羽依芳塘。將雛荷終惠，感激殊尋常。啣芝來獻壽，引吭遊明良。元韻『乃悟順物性，知良能自良』，真得尼山一貫之旨，包舉渾融，宋儒多少辨難，自可渙然冰釋。

夜遊山月作歌

秋山入夜景穆然，境同太古堪静寄。每於宸遊月上時，吟賞無心美具四。冰輪自湧皎潔姿，豈與秉燭同一例。蒼髯拂影冷虬松，翠蘚呈紋輝石壁。叶虬松石壁自雙清，風露浩然澹無際。皇心與月鑑空明，碧空那復留纖翳。天開勝賞入銀鞍，得意吟成有餘意。杜甫詩：『今多意有餘。』一再尋詩一停騎，佳哉四美於焉萃。

食蔗居

螺旋山徑紆，探奇在曲盤。仰見青芙蓉，蹸萼巧簇攢。來遊如噉蔗，每以漸引端。深入境彌佳，淺嘗肯即安。雲構愛匼匝，耳目得異觀。別有小天地，牕牖羅群巒。悠然領斯致，颯颯松風寒。

八谷遂至創得齋

罨谷邃且静，奥處足延賞。攬勝若無心，驀遇非緣想。白鶴指松棲，仙鼠攀蘿上。山齋無攖寧，怡情一俯仰。遠嶂列如屏，秀色呈塏爽。軒牕既清幽，槃澗復寬廣。鳥舌簡訥餘，閒雲自來往。

夕佳樓

山氣晴自爽，趣領幾暇時。一樓攬空翠，結勢虚唅西。畫手豈范寬，髣髴横卷披。緣岡雜衆藹，點綴色離離。陶潛貪看山，秋菊同襟期。宸題於此適，奚用和陶爲。

濬　溪

驟雨排山鳴，飛泉作雷奮。澤腹或坌蔽，疏豁勿使填。叶勢須導委行，功類盈科進。灌輸習坎亨，吐歙衆流迅。聖心鑒澄波，一月千潭印。不舍會逝川，寧憂去私悋。隰平泉流清，奠定視此濬。

即景

曰雨曰颺年則成，時若秋郊見多黍。天心自與聖心協，萬邦既綏豐亦屢。叶即景偶然上一隅，拜手颺言欣作覩。微臣老與鷗鷺親，跽遣長鬚達皇所。

下高峰至玉岑精舍作

雲峰路盤旋，近麓漸坦易。鳴鑾下山椒，森杪紆從騎。年年憇玉岑，詩境會禪味。駕言命青驄，犖确聊一試。策馬與肩輿，山徑可隨意。孰逸而孰勞，藉力兩無累。三復新寄篇，健行洵能事。況復體物周，寧爲輿臺勩。回轡眄崇巒，軒牕潑蒼翠。伸紙召墨卿，即景安吟字。

清舒山館

山水清音寄此間，佳辰隨意款松牕。行雲入户成舒卷，明月經旬記往還。林薄蔥蘢添鳥哢，秋空沆瀣飽蟲噸。圖書自足供宸玩，一趁幾餘一遣閒。

千尺雪

水石相遭自有情，堆來雪色響逾清。寒山塞上論千尺，各寫泠然自意行。

激泉噴玉碧迴環，坐賞幾餘致亦閒。但得四圖包衆義，何須公案説廬山。
谷簾泉捲一層層，爛若晨曦積素澄。悟徹孔門川上旨，從知不舍是真乘。

敞晴齋

塞雨知時雨即晴，今朝敞叶至人情。齋中古翰經真賞，林際清輝送遠晶。雲影過峰移雁影，鶴聲流韻和松聲。吟成自笑同芹曝，衰白何期拜睿評。臣每恭和御製詩成，自分拙鈍衰邁，呈覽時必再四懇求指示訓誨。

宫保制府拙圃崔公以兼攝撫軍自閩移駐杭州循行屬郡經天台雁宕各有詩紀其勝概詩品高逸自非深得江山之助曷克臻此賦一律奉寄

往往緣慳失勝區，先生才命兩相符。信眉石廪憐窮愈，放眼蓬萊笑大蘇。始信君身有仙骨，便移玉節訪靈都。塹予賜杖辜恩諭，疊浪峰頭僅一扶。歲辛巳，恭逢聖母皇太后七十大慶，陳群祝釐赴闕，蒙恩賜杖入朝。明年春，上第三次南巡，召見行宫，諭曰：『汝浙産也，天台、雁宕，浙最勝處。汝體氣尚健，可於春秋佳日，攜杖一遊。』陳群免冠叩頭，奏曰：『臣荷再造深恩，身子還好。唯腰腳輭弱，不能濟勝耳。』是年秋，子汝誠再典江南試事，有旨命臣於九月初遊栖霞諸勝，便道與汝誠相見，有紀恩及紀遊各體詩。時尹望山相公總制兩江，爲東道主，俱有和作。

題王生玉峰明經柳陰坐釣圖

家在西湖二月時，春流活潑柳絲垂。勸經他日鱣堂坐，莫忘蓴鄉老釣師。

大女汝慎從金山歸省恐廢其孤孫課誦屬其女善視其弟留郡三日適予疾作大熾目不交睫者七晝夜少差予方進粥糝勢可無大慮迺遣之還并示以詩補刊丁丑舊作

女能將幼弟，汝便視衰翁。獨卧憐秋蝶，孤吟伴砌蟲。拭中防藥汙，遷坐避簾風。明日辭歸去，分河一水通。

辛未仲春廿有一日予扈從至葑門館於少宰彭公家前一日女汝慎知予過里門不敢還家因買小舟來吴彭夫人與予老妻有舊乃止宿焉語竟見一編乃節孝傳十年前汝慎扶壻柩辭歸予手付者

燈前有女見爺時，意外相逢半信疑。手付一編猶出袖，涔涔老淚不勝垂。

己丑春帖子詞

秘殿條風啟，慈闈曙旭開。鴻臚司典屬，仰化象胥來。

理紀治臻舒疊茂，紐芽德應喜贏昌。《漢書》：『理紀於己，紐芽於丑。』言紀綱貞理，而芽卉滋榮也。今歲紀適符，正揭予所謂舒疊和淖，萬物喜樂之候。而《管子》云：『其德喜贏，而發出者也。』韶年嘉應，協氣駢臻，實爲歲美人和之兆。綏豐占與元辰叶，得酉千倉更萬箱。元日爲乙酉，占候書云：『正月一日得酉，大豐。』

年年綵帖望雲馳，幡勝裁春進玉墀。心數繁釐頻歲集，喜隨率舞效來儀。明年庚寅，皇上六十萬壽，後年聖母皇太后八旬大慶，祥徵疊萃，臣當扶杖闕下，頻效嵩呼，心焉敬數，頌慰曷勝。握管裁春帖時，已覺神馳於玉階金戺間矣。

題歲朝圖次誠兒韻

傳家詩筆在，紀歲詠初春。鵲語連朝報，燈花幾夜頻。殷勤如意噎，點綴吉祥辰。劼毖宣三德，寅恭凛四鄰。拜颺勞遠寄，耕織許徐陳。小除夕，宮保大司農于敏中承旨，寄到御題《耕作蠶織圖》，用程棨書樓璹詩韻計四十五首，命陳群恭和。黼黻終慚陋，脩持恐未純。敢云與物競，但自率吾真。玉守依山璞，鵷憐夾道椿。用張耒詩意。平生違捷徑，垂白整安輪。結習嗤猶在，撚髭苦未新。

附原韻　男汝誠

綺圖駢吉語，愛日奉韶春。梅蕊含芳早，芝英紀瑞頻。衆仙環壽宇，百事樂嘉辰。願以山爲祝，端惟德有鄰。家風敦石柳，懿行美荀陳。積善餘慶在，傳經舊學純。書田綿福遠，心地蘊祥真。聖澤涵淵海，期頤頌大椿。賡歌諧鳳藻，揚對接蒲輪。子舍懽承處，拈題綵帖新。

題吴蟻園中丞雨中觀耕圖

先生濟世才，蹇蹇爲國藎。循績一麾始，膏澤千里潤。金川昔行師，軍實勞轉運。來旬駐河西，三載寄屏翰。昨聞旌幢移，南紀肅風憲。式化以宣猷，惇德乃承眷。際兹好雨過，一稅桑田輹。笠簷紛伊糾，秧針已扶寸。播種腰環環，古樂府名，環讀作彎。短衣泥没骭。耳熟雙鳩呼，目極一犁濺。雲羃西屏峰，水展澄江練。圖成署觀耕，劭農務所先。去聲願將郇伯勤，於焉答宵旰。喜挹頰浮光，泠然會餘善。

與駕飛弟

吾家第五叔，七十早懸車。仲子能爲政，二弟鵠雲，昨授海州牧。叔兮愛讀書。手抄架上帙，心遠世間譽。鐵筆追唐本，行看壽石渠。

贈曹徵士楷人

我愛清門裔，論詩一起予。隱囊閑嘯傲，秘籍自爬梳。家有山濤啟，農傳氾勝書。他時洛中社，左席爲君虚。

輓諸草廬宫贊四絶句

童子場中接履絇，里人争指兩於菟。予與草廬皆丙寅生。迴思七十年前事，白首如新淚已枯。

吴下詩人顧俠君與張，匠門早尋𨄔跡到書坊。坊中萬卷高連屋，多入先生螢火囊。草廬少時家貧，無買書貲，聞吴下書估某愛客，詣之。留數日，主人敬其好學，謂曰：『觀君舉止，欲讀竟此架上線裝耶？』草廬笑而頷之。三年，靡不遍覽。俠君匠門未第時，聞而訪之，爲之延譽，名遂噪吴下。

姓氏瀛洲兩遍題，冰銜垂老似山栖。門人會哭論私謚，一字終推柳下妻。

奥義高辭媲典墳，金泥玉檢任紛紜。聖朝不尚云亭事，遺稿知無封禪文。

上巳後五日招同人泛舟南湖登烟雨樓遂過茶禪寺看桃花晚泊西郊菜畦小飲劍舟兄弟用東坡潁濱陪歐陽公燕西湖詩韻見投次答二首

春遊那禁頭似雪，遊人争看騰齒頰。逢僧軟語意飄逸，鬭酒圍棋致風烈。楊花如絮復如霜，絳桃吐豔何煌煌。居人見我尚輕健，自笑但坐吟詩狂。歲歲登樓差不惡，嘯歌即是延年藥。彭殤自古有脩短，險夷任運齊苦樂。圓通何用説無生，形影未澈陶淵明。人間還有醉夢者，醒來滿耳琵琶筝。

佛院桃花誰所種，仰看天題參斗重。賜名茶禪寺，有御製詩碑。良辰愛與鄉老逢，勝地況約詩人共。廿年已老今更衰，予懸車里門，已二十年矣。又是趙州茶熟時。息肩當局事非一，頑者點頭慧未知。一卷蘭亭一枝筆，閑來排遣門懶出。今朝乘興作春遊，菜花風摇黄一色。鑾輿四幸恩澤多，蹕路歡迎誡勿呵。嚶咻整飭長民職，寬嚴中節今若何。

附同作

沈叔埏

樓頭落絮白勝雪，湖上浮杯紅映頰。争來平地看神仙，人語嘈碎花馥烈。勤思老僧鬢如霜，指點寶墨光煒煌。曾乞題詩作玉帶，禪喜欲逐東風狂。步屧溪田致不惡，只少峰螺從採藥。提携青絲勸客醉，視公難老昇平樂。歸去層樓烟水生，相輪倒影春波明。誰能圍棋賭別墅，公肯卧聽東山箏。

沈珏

林中有鳥催播種，雨餘漸覺農事重。流杯高會展重三，雙湖來去仙舟共。公身矍鑠神不衰，出遊觀化聊乘時。舉頭天外能自得，此意豈許閒人知。留題是處扛健筆，珠光遠豆珠林出。試茶更證趙州禪，人天眼界超空色。觥船百泛如澠多，歸途燈把還交呵。春風沂水有真樂，持較禊飲當如何。

錢球

隄邊繫纜花揺雪，景物酣酣春滿頰。平湖新漲拍天浮，日暖煙輕風不烈。闍黎揖客髩已霜，入門四照花煌煌。我公嬉遊補禊事，非仙非佛非詩狂。平生與世忘美惡，延年豈藉長生藥。閑居便愜鷗鷺情，嘯歌自得田園樂。蒓絲出水蘆芽生，篙竹卻愛波光明。餳簫漁笛已堪聽，不須銀甲彈秦箏。

附和香樹前輩寄讀上巳後五日泛舟南湖用東坡陪歐陽公燕西湖詩韻

嵇璜

煙雨樓頭花似雪，佛山市伯登樓酒頳頰。我適然來興更逸，争羡風神勝王烈。一彈指頃移星霜，寄我詩筆何煒煌。句奇意遠兼于硬，非有仙骨焉能狂。久病常作數日惡，安心已竟無須藥。雪泥鴻爪早有悟，雲在水流差可樂。遥憶南湖春水生，拍浮正愛夕陽明。吟成古調獨彈處，底用雅俗分琴箏。

聊城少宗伯東長鄧公予同年友也力行孝友人無間言其訓士也和平樂易以身先之任滿還朝浙士愛慕無已尋予告歸里又數年辭世士之懷德者相與祀其威儀於湖上春秋報事勿懈益虔公門下士汪西曹憲爲予乙丑所得士稔予與公契分最厚述與祭諸子意屬爲迎送神之辭畀司視歌以侑之

司命兮文昌，公降生兮孝德。擷秀兮搴芳，秉衡兮玉尺。薫下士兮穆以愉，俾成人兮奮皇塗。日月逝兮慕不渝，薦嘉卣兮辰卜。春菘兮秋鞠，湘蒓羹兮潔明，霏天香兮馥郁。翺翔兮德風，披拂兮化雨，魚魚雅雅兮，式歌以舞。

右迎神。

湖山蒼蒼兮湖水瀰瀰，公攬勝兮絳節弭，掀髯以笑兮曰既醉止。暮雲合兮油油，靈旗展兮悠悠，行駕駟兮夷猶。邀主人兮一言，願持贈兮具宣，敘五典兮共惇。福爾兮壽爾，匪且有且兮，詒爾孫子。

右送神。

輓徐孺人家石操配

孺人鹽官秀，系出南州徐。作嬪得良匹，孝門流清譽。晨饈與夕膳，善事其舅姑。抱淑蘊蘭玉，毓美珍瓊琚。家政歸井臼，經訓勤菑畬。翩翩起黌序，雅雅登賢書。相攸聯快聓，次第列朝裾。撝謙秉儉德，操作躬辛劬。令才揞門户，綜理適戚疎。方邀褕翟佩，而遽音容徂。潘簟竟寂寞，莊缶添欷歔。爲誦微之句，泉路雙眉舒。

胡生子健齋頭牡丹盛開邀同根堂編脩劍舟茂才並攜六兒汝弼從曾孫球共飲花下分韻得粲字

里有安定裔，弱冠富詞翰。閉門攻群書，經史日貫穿。尋常不窺園，往往下帷幔。昨遣長鬚來，爲報花爛漫。既邀鄰並老，且復招童冠。散步至清齋，花氣薰高館。情洽青尊深，雨霽白日旰。餘春感頹齡，坦懷遺俗韻。近局會重來，對花留一粲。歸看屋角鳥，連尾忘後先。

附同作得發字

陸樹本

近局赴嘉招，深情在彌闕。賞心花正佳，會友禮勿越。前輩勵純脩，餘憾無毫髮。憐才意自真，忘分義相揭。胡子甫弱冠，下筆頗典核。勖以及良時，早歲期奮發。亹亹功必成，汨汨聽不竭。閲世揆情田，研慮探理窟。于以琢温其，直可永詒厥。歸來語兒曹，其無忘寶笩。

附同作得紅字　胡重

攤書領古異，涉園對芳叢。名花呈國色，澹暈流輕紅。簾外入霽景，坐右生春風。老輩攀綦屨，所欽明德崇。倒屣揖詞客，討源將無同。媿非仙人醴，何由款宗工。一酌寫深慕，再酌挹冲融。三酌敢乞憲，令言發顓蒙。默默惟自幸，寂寞感寸衷。願言託比閈，受益其靡窮。

題表弟陳省齋照

舅氏古循良，藉藉太邱長。諸郎振家風，叔也實競爽。憶予少年日，共掉文壇鞅。過從聯荀陳，佳晨數還往。牽絲大江南，早嗣鳴琴響。所至有賢聲，吏局夙推獎。昨聞擢司鹾，鬲津稱浩穰。接武渤海瀕，報最書連上。梁月企丰姿，展圖神益盎。丹穴指鵷雛，孫枝各秀朗。廨字凝香餘，坐石契霞想。分甘課誦勤，蘭吹動簾幌。吾衰戀邱樊，一攬一延賞。

敬和御製題耕織圖用樓璹韻詩成復題一律以識欽服

紹興大小兩樓公，前輩終推壽玉翁。樓璹，字壽玉，宋紹興間令於潛，爲耕、織二圖，題詩以獻，頗蒙奬賞，宣示後宫，詳見從子宣《獻鑰耕織圖後序》及《進耕織圖劄子》。不獨能詩復能畫，直追豳雅與豳風。九重親寫民天事，一卷真同造物功。慚媿明農閒氾勝，賡歌辛苦曲難工。

香樹齋詩續集卷二十七

恭和御製題耕作蠶織二圖即用程棨書樓璹詩韻

浸種

穀種函元氣，粒粒資芸生。陂池經浹晝，如鍼芽始萌。晝浸夜收，三四日後，始露白芽。主伯扶杖督，鄭重農事興。皇仁感仁卉，《晉書·徵祥説》：『王者盛德，則嘉禾生。』注：『嘉禾，仁卉也。』祝兹萬寶成。

耕

雨施土膏潤，策犢事初耕。冰澌水尚寒，滑澾農足頳。課勤自兹始，能勿越陌行。及時同舉趾，繪傳萬國情。

耙

破塊雨不驟，濕絮柳知寒。朝來事耙耨，隴畔流微瀾。農忘蓑笠重，牛忘腰背酸。九重親見之，陳圖思其難。

耖

重耕耨漸易，扶耖牛摇尾。風和自覺暄，泥香不嫌滓。活潑似泉流，蓬勃如脈起。晚聽鳩婦呼，蒼茫隔煙水。

碌碡

農器巧力兼，樞轉由上匠。齒齧入如刀，土起走如浪。負重策爾牛，軏行歸指掌。南北制雖異，人牛互爲相。

布秧

穀以潤而發，生意夙含肥。攜筐各耦布，隨手無停揮。計日達青翠，迎風漾漣漪。莫輕一撮功，自可按候期。

淤蔭

土化各有宜，氾勝已鼻祖。《周禮・草人》註：『土化之法，化之使美，若氾勝之術。』疏農書有數家，氾勝爲上。殺草如已疾，漬種同哺乳。時節際常雩，祈求應甘雨。可以美土疆，明神其我許。

拔　秧

平田水漠漠，半畦秧鍼齊。晨興隨手拔，束縛連筐攜。嫩葉紛葱蒨，寸根擢淤泥。明當事種藝，各認塍東西。

插　秧

廉纖昨夜雨，隴畔生微涼。一插一面步，步步讓新秧。密攢皸十指，匀繡分千行。覩兹力穡勤，一飽其無忘。

一　耘

穉苗漸改觀，非種亦易新。傴僂俯濁水，戒勿傷禾根。搨稞列罫布，戽水走縠紋。試看南畝畔，腰環來初耘。古樂府有《腰環環曲》。環讀作彎。

二　耘

饁彼擔在肩，糾然笠在首。由來净盡難，試視此苗莠。辛苦再耘人，慰勞有餉婦。卓午憩槐陰，菽洒坐長幼。

三　耘

害苗務盡去，固本還勤耔。不惜筋力疲，滿望黍稷薿。襏襫沾塗泥，薄暮浴溪水。老農語殷勤，厥事實爾委。

灌　溉

高田龜坼兆，赤日照村莊。溝車展龍骨，龍骨，車輔也。水勢翻陂塘。遥聞緑楊裏，鵶軋午陰涼。要將力作苦，誡彼游冶郎。

收　刈

農功皆在田，厥事有始卒。浸種到今兹，攜鎌喜腰折。忙欲捲黄雲，未暇理短褐。村村秔稻香，負擔踏霜月。

登　場

築場小春候，禾稼納已優。仰望積京坻，副願慰田疇。捆負有齊力，風日趁高秋。如墉復如櫛，比屋黄雲浮。

持穗

既好使之堅，既堅更使脱。築場鏡面平，處處耞聲發。不記胼胝勞，但聞笑語聒。滯穗寡婦利，作飯炊榾柮。

簸揚

農具亦多術，簸揚臨風前。飄飄如雨下，顆顆苞珠圓。糠粃比稂莠，去之道貴專。狼戾無過取，餘蓄賨康年。

礱

壁合轉樞機，長腰米名脱石齒。連村殷雷鳴，負任忙婦子。量粟箱中贏，積薪檐外峙。去膚以存真，爲學其視此。

舂碓

制仿自太古，遺利垂奕葉。村深舂相去聲沉，灘急碓聲答。精鑿玉匙流，白皙大官滑。敦勸鼓腹人，慎勿忘千踏。

篩

米別精與麄，器殊篩與簸。試看粒相似，俗稱米上白者曰粒，粒相似。旋轉幾經過。作炊婦子懽，得食鳥雀賀。明朝春事藏，篩應牆角卧。

入倉

興朝富藏民，寬政均倉庾。我朝聖聖相承，百餘年來，緩征薄賦，以時舉行。康熙間，曾全豁七省漕米，閭閻至今銜感。近者皇上法祖施仁，復頒全免七省漕儲之詔。自粒食以來，藏富於民，實史册所剏見。由來重慎收，露積歸廬廡。農隙比户閒，暄負南榮午。早晚輸公廩，每歲粟入倉時，州縣有司户給易知單一紙，便民輸納。何勞長官怒。

浴蠶

近川傳奉種，禁火方新煙。直辰惟紀候，《周禮·夏官》『禁原蠶』注：『《蠶書》月直大火，則浴其種。按大火，辰星也。』浴子能知天。昔曾搶去聲鹽水，十二月十二爲蠶生日，浴種者以鹽水搶之。兹復沃温泉。公桑重始事，薦鞠禮所先。

下蠶

連蠶紙曰連。看緑色放，種辨烏兒高。罨覆有遺法，百草屑如毛。清明日采百草爲屑，蠶初出時，罨覆之則得暖易長，蓋蠶性喜暖，即采蘩遺制也。買紙補牕罅，女手催翦刀。譬諸脱裓嬰，寧免保抱勞。《淮南子》：『俗謂蠶爲女兒。』

餵蠶

采蘩小於錢，攝桑復如許。養蠶不厭多，一頭百塸聚。《古樂府·采桑度》云：『一頭養百塸。』外魘辟香楓，蠶不食葉，爲被魘，焚香楓以辟之。中閨聞吉語。辛苦乞姑嫜，紉箴停請補。

一眠

春蠶始眠時，一日一夜長。秦觀《蠶書》：蠶生明日，或桑或柘，晝夜五食。九日不食，一日一夜，謂之初眠。又七日再眠，又七日三眠。迴計九日中，蓬首豈暇妝。及此得休沐，遲遲愛青陽。明當侵曉露，微徑求柔桑。

二　眠

初眠至二眠，七日處帷幕。過替解諸斑，蠶食葉，沙矢積爲替子，刮之以免蒸濕，爲過替。遲則生斑，至老不作繭也。得氣除衆惡。《爾雅翼》：桑葉著懷中令暖，然後切之，得氣則衆惡除也。呥呥復斑斑，小大未差若。暖房抱兒嬉，從容理團箔。

三　眠

七日又七日，三眠蠶事半。繞屋桑柘多，傍舍牆陰暗。夜起照蠶盤，不愁燒燭短。趁閒一理梳，自笑鬢絲亂。

分　箔

蠶當三俯後，偪處飽愈促。䖡音宜，移蠶就蠶寬處爲䖡。薄寬於筐，璘藉高連屋。龍輔女紅，餘志璘，藉蠶箔也。編竹爲籠深，搆桑整葉緑。晝長飼宜勤，蠶大麥亦熟。

採　桑

採葉俗論過，桑葉，二十斤爲一過。連袂村舍深。貴賤隨時判，然諾莫相侵。桑梯鄰翁假，桑甚穉子尋。耳邊聞好語，戴鵀飛清陰。

大起

大眠復大起，麥候恐多雨。作去聲天此時難，温和竟爾許。《吴歌》：『作天難作四月天，蠶要温和麥要寒。』陌頭採桑歸，村口正亭午。替上見揚花，蠶將起時，替上絲滿爲揚花。開顔笑寒女。

捉績

門樞静不譁，室中十手忙。分飼别勤惰，何心整衣裳。瑩若肌無瑕，充然腹有光。行將事炙箔，取薪自高岡。

上簇

作簇先簇心，團撮判長短。《農桑直説》：『凡作簇，先作簇心。紮頂如圓亭者，爲團簇。馬頭長簇，爲撮簇。此南北蠶簇法也。』分隊各躋攀，急上莫選輭。棲巖薄漸空，扃户爐添暖。計日雪繭成，銀山爛盈眼。

炙箔

吐絲趁良辰，圍爐更遮幕。單衣不知寒，餘温上蠶箔。紹繚祝密緻，結撰期磊落。聲聲紮山鳴，有鳥來警覺。紮山看火蠶，鳥語上簇後乃至。

下簇

神蟲一何憊，上山還下山。女紅自此始，蠶事已就闌。親串過慰勞，近局相欣懽。可憐嬉游伴，羅綺矜朱顔。

擇繭

手探盤中繭，目想繭中蛹。三熟隨所珍，五彩皆有用。願禦天下寒，遑計一身凍。翁嫗抱區區，庶免罪悔重。

窖繭

化蛾繭無用，翦花同楮葉。吴俗繭成而蛹化者，輒翦作花，謂之繭子花。蠶娘簪之，更相贈遺。欲抽繭絲長，須令土氣浹。穿空去聲成雪窖，挈伴舉雲鍤。經旬重拂拭，手巾净花氎。

繅絲

村村掉車聲，奔走茅廚娘。餵頭覓已得，《蠶書》：『其緒附於先引，謂之餵頭。』執熱便縮湯。《春秋繁露》：『繭待繅以綰湯。』坐對庭中卉，白薔一丈長。蠶月，吳中野薔薇開白花，俗稱繅絲花。從朝繅至晚，暝色莫侵牆。

蠶蛾

蛹母蛾爲父，《荀子·賦篇》：『蛹以爲母，蛾以爲父。』三化期適然。張華《博物志》：『蠶三化。』乍如蟬蜕委，忽展蝶翅圓。一身脱羈縛，中情尚纏綿。好與主人約，紙種留隔年。

祀謝

蠶師出濟河，《蠶書》：『予游濟河之間，知兖人可爲蠶師。』蠶神遡巴蜀。婦孺述前聞，馬頭如在目。永垂衣被功，庶雪革裹辱。一家敢自私，八表盡蒙福。

絡絲

鳴徹絡絲孃，吳中有蟲名絡絲孃，聲絶相肖。寒催乞巧節。顧杼幸不孤，黄憲《天禄閣外史》：『諺有之，宵必顧杼。』考縷戒勿越。『剡麻考縷』，見《淮南子》。倚壁挑燈斜，轉軸支機脱。纔交一簍終，雙星半明滅。

經

及時敬經絡，《齊民要術》：『具機杼，敬經絡。』庋架一字排。要使曲者直，何憚往復來。分界審既正，比德守不回。門前路如矢，想見統紀才。

緯

連朝勤析縷，挽髮常不了。手經次及緯，《淮南子》：『緂麻索縷，手經指挂。』後素繼以華。彼皆取綢直，此獨資橫斜。轉圜物惟備，又有小絲車。

織

看織諸女伴，清夜來倚闌。蚤偷龍梭巧，那避蟾魄寒。借問流黄素，一日能幾端。生當服菅蒯，不輕易中單。

攀　華

攀華勝染采，婦工巧且勤。孫人自軋軋，幠氏徒紜紜。錦心出新樣，纖手成大文。莫嗤貧家女，能攓八伯雲。

剪　帛

兩股試并翦，一幅驗周尺。篚貢充執纁，賮獻儲賁帛。黼衮知艱難，敝衣當愛惜。爲語食粟者，安分事穿著。

題澹遠師花谿垂釣遺照

憶昔仁皇朝，六幕承浩蕩。文治蔚光華，星芒應緯象。先生起清門，詩筆激宸賞。低語諸老間，火色必騰上。職密心自超，襟冲道彌廣。前輩多扶輪，下士邀崇獎。康熙間，陳群爲諸生時，先生索觀所爲詩文，曾荷國士之目。名齊虞褚行，跡寄濠濮想。故園枕花谿，草堂東西瀼。春水落花多，游鯈唼蘋響。偶學張志和，獨繭絲在掌。平生慕初衣，圖畫盟息壤。世守貽孫曾，高致足俯仰。吾衰揖清芬，眷焉感疇曩。

仲夏泛舟至武林中途遇風雨與沈生劍舟夜話用東坡過李公擇故居韻

環境有諸湖，四望無近麓。工作農方興，養苗如養玉。再蠶葉重陰，密篠籬添竹。所適雖非遠，猶帶書數束。讀罷倚篷牕，叉手對新緑。溯流櫂更遲，判傍漁舟宿。厭聒聒荒陂，聽鸝囀夏木。風迴自有時，蒲帆挂半幅。連檣且就安，眠穩即華屋。村醪一中之，呼童翦殘燭。

題穆大展攝山玩松圖

攝山有九松，壽與僧紹齒。蒼茫二千載，特立無所倚。我曾奉詔遊，一撫秋山裏。天藻肅仰瞻，清韻流霎韃。吴興今詩仙，對之輒歡喜。扶杖偶婆娑，竟日忘歸矣。勝事多留傳，圖畫盛甫里。至今九老會，古致足比擬。我亦會中人，忘年自兹始。

題張韓田太守問樵圖

解組歸來鬢已絲，耕煙雲路訪樵師。若教攔入山深處，逢著仙人莫看棋。
宦蹟早聞歌麥穗，閒情要共赤松遊。畫圖有客呼張丈，自笑香山也白頭。

五月廿有一日邀同汪丈介思及令嗣魚亭西曹並攜其諸孫同沈子劍舟泛舟湖上小飲用東坡介亭餞楊次公韻

訪僧僅一來寺門，尋山足軟遺深村。時魚亭與予皆足軟，不能濟勝。絶似南陽劉子驥，好事至竟迷桃源。多情朋好盡促坐，及時蔬核皆堆盆。湖光晴爽如有約，詩思振觸原無根。一杯到手忘賓主，三世在席各弟舅。要將敦厚維風俗，庶以清白留乾坤。吾衰但恐辜聖世，每欲披示惟陳言。歸來微醉呼不律，翦燭紀此題高軒。

己丑仲夏，予以先祠表忠觀脩葺落成，至會城恭謁，館於汪氏振綺堂數日。適久雨新霽，邀同主人及一二賓從泛舟西湖，薄暮始歸，因成是什。至湖上諸勝，十未探一。往予奉使豫章，假還浙右，過江後經湖上，謁先祠表忠觀，即放舟東指，得句云：『好書温未熟，舊雨話仍疎。』同此耿仄也。予衰懶寡嗜，又八十自題云：『勝水名山到便休。』其大概然已。

附和作　　汪憲

南風吹舟當祠門，柳邊路接離外村。不忘祖德本忠孝，落成紀事推淵源。籃輿周覽眷雲水，青帘酤醖傾罍盆。拍肩喬松定仙侣，搴芳沼沚無塵根。由來豈弟神所勞，綏我君子縠後舅。信脩敦勉在三事，敬義夙禀六二坤。溪山披豁悦真性，笙竽發響酬清言。扶攜相從告既醉，出嶺纖月明東軒。

次韻答陳勾山冏卿

行幕遄歸駐碧油，清明時節落紅稠。故人南郭尋鷗侶，予所居金陀坊在城南。相約西湖放鹿頭。勸孝鄉農勞致問，涑水事。授經里彥睠焉留。明年預擬還朝後，要寄新詩慰別愁。

題孫隱谷孝廉雪中觀梅遺照

疊雪皓已潔，嘉植揚其榮。孤抱謝衆賞，畸士恥狥名。一下春官第，遂辭計吏行。適志尚通隱，執德無近營。直欲敦古處，任卹存單惸。同雲釀寒沍，飢雀紛啾鳴。惻然念貧乏，指囷分缾罌。裝綿煖皸裂，挾纊感伶仃。還往篤友誼，帬屐留軒楹。倒屣禮周洽，投轄尊滿盈。作善人已往，紀實淑可旌。我生未識面，展圖一怦怦。題詩表遺愛，勸俗餘深情。

雨中訪恒上人法雲山房偶成一律補刊丁亥作

冒雨尋初地，扶藜踏蘚苔。閒雲歸岫宿，野鶴過江來。畫裏傳摩詰，談間想辯才。净便香未散，定起撥寒灰。

昨過訪時，適腹痛，上笋輿，不得暢談。見几案間拂古紙，作山水參禪之餘，又添一繪事。

上幸淨慈方丈面諭：『和尚出家人也，能作詩麽？』今作畫，又添一繪事，不又成一重公案耶？請和尚下一轉語，予詩正可作印證矣。

附和作　偶歸楞嚴雨中錢宮傅見訪和辱贈原韻　沙門明中

蕭疎黃葉雨，石路滑荒苔。不問眠雲處，難教着屐來。嘗茶參活句，轉語試麄才。又喜添公案，三心笑未灰。

七月九日暑甚集頤和室用王右丞納涼韻

大火昨夜流，日次鶉尾中。陽威乘餘烈，軒牖迴微風。荷香含静遠，蘭韻浮虚空。借以滌煩慮，於焉潔吾躬。晨興約觀稼，一問頳背翁。更攜二三子，緩步東田東。

曹地山少司空奉差鞫讞來浙事竣還京過訪贈三絶句

八斗才名四十年，早騎白鳳隊群仙。平生知己誰能忘，愛讀先生錢水篇。先生典試浙江，作錢水詩，述先武肅功烈及與予交契殊悉。

前身合是蘇夫子，士論多推韓退之。勾當偶然停玉節，執經千里擁臯比。

端居有夢到蓬萊，曾拜仙家白玉盃。賜杖十年猶好在，耆英會上會重來。

題劉保齋明府小影並送其歸彭城

大令古循良，所至遺清惠。當湖起能聲，長水一行畀。恬愉樂四郊，衽席安三歲。桑田野雉馴，方社城狐避。來暮猶興歌，微眚偶呈議。父老相攀留，亭館一頓憩。君曰爾無庸，鴻爪安足計。裝函宓子琴，帙貯胡威笥。涼秋問畫師，拂素傳斯致。攜圖來告別，吾廬動歸思。題詩當折柳，高雲仰無滯。珍重答良時，予衰眷焉企。

敬題先太夫人箋頭紅梅水仙

墨痕粉本發奇香，國色仙姿自在粧。留與兒孫看手澤，杯棬世守莫教忘。

此先慈年二十未字時所作也。閱八十有九年，而淡雅古致若此，宜筆墨爲聖主賞鑒，御題逸品，藏弆寶笈云。

送協鎮張鼎臣之任杭州

鄰並吾廬接閫旄，除書初拜正秋高。虎林夙望同鴛水，豹尾新班起鳳毛。時令子官侍衛，扈從行在。刁斗森嚴程不識，驪黃翦拂九方臯。衰齡夜卧叨安枕，津鼓聲中首重搔。

暮春泛舟過子舍少憩即放棹至當湖補刊

放眼春光滿，尋來亦自娛。詩篇從子和，杖履有孫扶。交語梁間燕，雙飛檻外鳧。好風催挂席，茶熟過滮湖。

香樹齋詩續集卷二十八

恭和御製幸盤山詩九十首

啟蹕幸盤山因成是什

盤谷名山契聖情，春巡東甸指霓旌。問安早聽龍池漏，乘令初開鳳闕晴。芳草露凝香輦合，麯塵風颺碧蹄輕。新畬宿麥紆宸矚，好鳥頻催九扈耕。

過清河

春郊散霽暉，沙鳥隔煙飛。高柳如相遲，去聲長虹得所依。冰澌泉自滙，土沃水添肥。承澤沾畿甸，清河力豈微。

至湯泉行宮作

啟蹕屆初旬，纔停卌里輪。香泉浮瑞靄，秘館駐長春。得氣青芝茁，承恩綠樹新。周咨民隱切，何以答芻詢。

戲詠鶴

天上鶴聲相和好，生依化日正舒長。羨他文囿仙禽樂，乞與松喬久住糧。

麥　色

帝錫來牟好，雙岐已滿阡。氣先浮野色，光欲淡墟煙。細辨銀花落，低翻翠浪連。昆和仙種在，昆和麥見《拾遺記》。玉甸想同然。

順義縣行宫作

停鑾來下邑，延賞入春融。砌草芊綿碧，庭花點注紅。順興符景運，歸化翊宸躬。宋置順興軍於此，遼改歸化軍。指示茆茨意，神蒿可作宫。王者德澤和洽，則蒿茂大可爲宫柱。見《大戴禮》。

偶　題

昔秉廟謨勳克集，金川傳檄定碉居。即今六詔仍推轂，又卜功成指顧餘。大金川之役，傅恒以經略視師，膚功迅奏。今者征緬之舉，皇上收聚米之形於掌握，定破竹之勢於指顧，傅恒祇導勝算，虎帳星馳，行見緬酋小醜膽落魄褫，威德遠敷，捷音送喜，臣曷勝抃賀云。

曉陰

乍覺晨曦淡，分將馬色皆。『馬色分朝景』，唐人句。知時原不定，望雨故應佳。一幢旋收黛，連畦欲護荄。野人蓑笠待，差足慰吟懷。

盤龍山行宫即景

飛動春山色，『盤龍山鋭下而豐上，故多飛動。』出《長安客話》。雲連蹕路遥。翠微當户潑，黄鳥弄聲驕。看樹多成幄，聽泉直上橋。移時天筆掞，邱壑眷嘉招。

詠庭中松

之而夭矯畫難成，庭院風來鶴夢清。恰好松雲供茂對，山光明媚入霞旌。

細雨 三月初九日

廉纖成薄暮，霢霂聽中宵。静灑沉蓮漏，潛滋養麥苗。物欣天澤潤，詩寫聖心遥。洱海兵堪洗，爲霖入凱謡。

雨中過大嶺

雨師灑塗未云止，嶺雲又見溶溶起。六龍侵曉上層巒，俯視遥村雨腳委。散作恩膏萬彙昌，玉鞭濺處翻生喜。山農顒望鳴鑾到，扶笻駸𨃪遍崖隩。如霞如霰紛白紅，杏花又博天顔笑。十七年前曾繪圖，梅花時節猶堪傲。臣於壬申春，扈遊盤山。杏花盛開，行宫前數株歲久，着花妍雅。時鄒一桂同扈蹕山下，因出絹素索圖，浹夕而成。『至今江梅爛漫時』，取此幛懸之。復朗誦《御製翠雲山房杏花盛開》句：『東風花事正絶勝，南梅北杏言非誣。倚巖扶巘致各别，笑雲烘日顔齊舒。』實超出前賢韓愈之詠李、林逋之詠梅也。

至盤山静寄山莊作

雨景空濛畫幀披，山莊一簇指鞭絲。到來噴玉清泉響，望裏鋪金翠隴滋。閲歲愛看松色好，尋春要問野人知。静同太古於焉寄，時物行生契在斯。

深秀無如此蔚然，卷阿小寄足便娟。岩扉試敞延新緑，石壁鐫題又幾年。諸品自來塵外賞，衆喧俱向静中蠲。宸襟恰會冲虚旨，碧樹含霏拂采煙。

延春堂對雨

春雨不知繁，春雲處處屯。峰螺空自隱，谷鳥静忘喧。窈窕難尋壑，瓏琤莫辨源。惟應東作者，比户誦深恩。

韻松軒口號

常時不雨還流韻，此際無風也作濤。聽雨哦松飛聖藻，此軒名共此山高。

瀠文榭

在山泉水好，一勺已成池。翠壁高依榭，清風散作漪。流光渾不定，倒影恰相宜。五色呈灕渙，花開照遠枝。

心鏡齋

虛榭偶臨波晃朗，至人自具鏡光明。心空萬象心相印，民監無殊水監情。

留雲室

粲粲盤中石，如羊非一種。仙館貯玲瓏，初平叱不動。蓬勃槅際雲，觸石起常蓊。春蘿罥其陰，紺乳滴其孔。付與攓雲人，元澤徧青壠。

雨景六首

雨　山

衆皺難分黛色藏，墨雲一抹總微茫。若教出沐尋稜角，韓愈《南山》詩：『晴明出稜角。』指點朝陽與夕陽。《爾雅·釋山》：『山西曰夕陽，山東曰朝陽。』

雨　瀑

水樂也應雜琴筑，石鐘渾不辨鏗訇。九天一道銀河落，細聽流雲學水聲。李賀詩：『銀浦流雲學水聲。』

雨　松

着沐之而更不同，誰將鱗鬣問山童。明朝飛去能行雨，濕盡蒼髯八九翁。

雨　花

紅紫叢叢帶雨枝，低垂淡抹想丰姿。半開正仗東風力，比似春江濯錦時。

雨鹿

冒雨伊尼靈沼遊，細聲遠韻送呦呦。胎斑點滴林間濕，畫出梅花貼地流。宋人詩：『落梅田地鹿胎斑。』

雨雀

馴擾階除得食多，野田那得比山阿。雨中送喜來仙館，瓦雀情知樂有那。

静夜吟再疊舊作韻

時幾敕更深，五夜有餘陰。試聽空階滴，如諧解阜琴。玉蟲低綴影，銀箭遠催音。彌屢瞻榆候，無央望澤心。

曉晴

好雨連宵足，時暘拂曙宜。丹曦開四照，綠漲滿千陂。已慰惟星願，還深望歲期。皇心增悦豫，也許老農知。

養虚齋

築館抗疎峰，拾級梯苔上。雲木蔚晻曖，澗泉流滉瀁。淩風切霄冥，吹萬在指掌。春和景逾明，氣清天自朗。道契神理超，得言可忘象。聖心藴太虚，貞元葆充養。

婉孌草堂

棼橑架脩廊，華榱開深堂。豈如雪色壁，奕奕生墨光。雲煙任變换，過眼誰能忘。粉圖作供養，指點成故常。數椽寓妙義，婉孌呈縑霜。

題董其昌婉孌草堂圖

圖成婉孌華亭筆，也是倪黄一輩人。盤谷豈殊畫禪室，游歌雅慕寄情親。其昌自題有云：『仲醇攜過齋頭設色。是日，適得李營邱《青緑煙巒蕭寺圖》及郭河陽《谿山秋霽卷》，縱觀竟日，遂不暇設色。』今其真蹟，上猶愛玩，屢邀題賞，書畫一道，感人最深，其昌有知，當亦銜感無已也。

對　瀑

名泉伯芻辨，唐劉伯芻精於品泉。流水子期聽。天紳荷天藻，匹練飛雙清。匡廬與台天台宕，雁宕。觀者紛品評。豈知在川旨，無異對瀑情。

題崔彦輔溪山煙靄

溪遠山長互嵌空，題詩對景致偏同。盤中處處皆真蹟，始識天工勝畫工。

雲林石室

雲林開奧境，仙佛不須争。硐户和煙啟，松關抱石清。濃春添粉本，流水瀉吟情。丈室天章焕，風姿旦晚生。

戲題雨花室

拈笑曾供迦葉談，曼陀丈室此應堪。想當落處同紅雨，天氣纔過三月三。

對山亭

峰蓮朶朶青，虚敞接蒼冥。暫憇標宸賞，春風一笠亭。

中　峰

遠近山羅列，中峰獨出群。斸雲鑱五字，萬笏拜天文。

貯清書屋

萬古嵌巖石，由來得氣清。結廬儲秘帙，疎檻綴繁英。韓詩：『湖石猶疎檻。』嫌壁難侔迹，金庭倘發聲。林屋洞有金庭玉柱，能發鐘鼓聲。見《吴地記》。雲根長此貯，一寄樂山情。

讀書樓

好山平遠水空濛，春寄無邊一點紅。『誰言一點紅，解寄無邊春。』蘇軾《題畫》句。此景南州誰領得，江湖應數陸龜蒙。

交翠樹

鬱鬱後凋樹，欣欣暮春時。接葉承樾蔭，交柯蔚新枝。構雲聳飛檻，翠色争敷披。至人會生意，相賞若相遺。濂谿識妙理，此外當問誰。

遊天成寺作

春岩葱蒨喜新晴，蘿磴盤旋取次行。一道泉從松罅出，半山雲傍馬蹄横。到來紺宇鐘魚静，坐久珠林篆靄生。花雨繽紛清籟發，上方最勝本天成。

萬松寺三首

濤聲静激千尋石，黛色濃開一綫天。仄徑紆迴到香界，田疇猶賸布金田。賜遊詔許眄山形，帽影鞭絲一晌停。今日賡吟憶天姥，林栖贏得養黄寧。壬申春，臣扈蹕盤中，蒙恩賜遊，得少憇萬松下。

參天偃蓋有重重，圍繞峰凹潑翠濃。一自吾皇敕將護，山姿長菀萬蒼龍。先是，松爲寺僧薪蒸摧伐，上申令禁止。十餘年來，松較前益茂。

西甘澗

泉香澗自甘，東西各登涉。峰迴路轉間，不覺移晷刻。嶺西石門坳，古澗闍黎識。紆道翠微深，犖确徑轉仄。領取西來意，即是八功德。聖心過不留，那許挈瓶測。

東甘澗

西嶺穿雲又嶺東，兩泉味與一泉同。花甃偶試頭綱荈，松石吹來習習風。

千尺雪

疊作湖嵌石，韓愈《城南聯句》：『湖嵌費攜擎。』注：『湖嵌，石也。』嵌，平聲。淩空灑晴雪。還往盤中人，净眼詫奇絶。我皇策騎過，藹雲此少歇。坐對峰伍伍，静聽溪汎汎。倘攜都籃來，定瀹玉花潔。三載喜重遊，不信文硎别。

題唐寅品茶圖

清新畫意出詩人，妙想無窮盡入神。滿徑松風魚眼沸，安排茗盌遲佳賓。

半天樓

山巔結飛樓，幽處時一憇。扶輿上巉巖，人力亦云勩。坐覺心跡清，松風泠然至。縹緲亂雲霞，群峰互虧蔽。軸簾眺平楚，阡陌雨初霽。村農于耜勤，宸衷早深計。

效深室

闢境洵蒙密，入門殊幽深。流泉出石竇，濺沫如鳴琴。岩花自窈窕，灌木猶陰森。悠然領天趣，即景寓遐心。

降　嶺

登山喜平曠，石路何坦然。回睇經過處，峰峰高插天。煙中老鶴唳，松頂孤雲穿。陂陀得小憩，取徑仍欲前。探奇非蓦遇，涉趣如忘艱。

泠然閣

誰將匠石片，憑虛構嶢榭。吹送清音來，遠出穹谷鎛。飄飄淩雲間，謖謖勁松下。會見御風人，翩躚艸堪藉。

對月

亂山吐明月，一輪光在水。相對静忘言，襟懷澹若此。栖禽動林隙，遊鱗躍溪涘。露霏草樹滋，濯濯清如洗。何必問盈虛，悠然悟太始。

曉

銅壺殘漏聽分明，待旦宸居思轉清。作篆煙微含宿火，報晴鵲喜送新聲。窺牕花樹重重密，出岫雲霞片片輕。遥識天行勤省問，近畿民物最關情。

閲本

撿挍需頭本報多，凡章奏，皆需頭見獨斷。行在封奏，每二日一至。先期集所司，謂之接本報。幾餘晷暇亦無何。勤求民隱歸遊豫，俯采輿情驗協和。首勸耕桑周甸服，勞招俊乂出巖阿。皇言批答兼謨訓，官守應知共濯磨。

芟樹

柞氏刊陽木，當春令所止。宸衷執化權，攘剔契皇矣。如何摩雲姿，翻出弱柳底。陰濃覆既深，蓋偃望難企。一爲區別之，正氣自不靡。良窳質固殊，翦伐何能已。行看雨露滋，黛色參天起。苦苣掩嘉蔬，少陵曾會此。

題清音齋

雙虬蟠古柏，空外有餘音。戛玉添清聽，流泉寫素心。檐高風謖謖，庭緑影森森。不待朱絲理，無言契自今。

澹懷堂

爐芬依翠幌，花影上瑶階。氣覺春和盎，心從静境諧。雲垂華蓋出，山削碧篸排。須識澹寧意，於焉愜睿懷。

雨中貯清書屋

一庭煙靄貯清陰，雨點浮階試酌斟。默計康年滋宿麥，静知暇日對春林。捲簾鏡裏添飛瀑，遣興吟中見作霖。此際村歌農務亟，山遊欣暢意偏深。

再題交翠樹

望裏喬柯迴異常，交加翠色遠仍揚。深遮蘚徑留山影，密布藤陰上日光。一幢雲林開罨畫，半牕籤帙照鉛黄。重來寫景詩如繪，造物真成無盡藏。

雨中山行二首

雨浥岡巒草色淒，鳥呼滑滑不沾泥。吟鞍得句成天繪，空翠和雲濕月題。

自來甘雨多三日，望歲憂勤解得無。恰笑山農争引領，一犁隴首樂忘吾。

攜和親王遊山作

丹梯緩轡試同登，放眼真超最上乘。澗樹玲瓏晴益好，嶺雲舒卷畫難能。偶尋放梵唫神爽，況挾飛仙逸興增。攬勝更聞兼濟勝，天倫樂事倍堪稱。

古中盤

駕言陟中盤，迤邐蹋山石。蒼松拂溪水，掩映空翠得。深林野客樵，古洞仙人奕。綫路不容軌，行行騎還策。遥峰拖遠青，飛泉帶脩白。亭亭妙蓮花，羅列如排戟。登頓上層巒，犖确行徑窄。閒情偶相遭，秘景時一覿。鹿鳴澗何幽，鳥啼山自寂。宸襟有真賞，眷焉少憇息。乃知仁者心，静觀恒默默。

少林寺

躡雲既穿中盤去，御風還向初地迴。到來天機自浩暢，竗明心净無纖埃。槎松吼濤石漱玉，花雨欲逐諸天來。伊蒲定足甘露食，不然葱鬱何佳哉。

望雲罩寺未至

雨散諸天瑞靄凝，慈雲深護最高層。不知清磬出何處，捫葛攀蘿憶昔登。窣堵玲瓏聳碧虛，遥瞻香界興何如。分明一幅王蒙筆，濃澹溪山潑墨餘。

盤谷寺詠韓愈李愿盤谷事

韓子稱盤谷，曰在太行陽。太行有天井，北流注何長。《水經》：『天井溪出天井關，北流注白水，世謂之北流泉。』按，天井關在太行山上。既讀盤谷序，載繹盤谷章。愿也奚足數，昔人有謂盤谷李愿非西平王晟子，又有一同姓名者。見閻若璩《博湖掌録》。名勝豈始唐。奥區蘭若古，駐蹕草木薌。餘事及考核，放筆欽班行。拘墟指孟州，安知非朔方。沙門編劄後，康熙間，僧智朴居盤山，纂《盤山志》。近經御纂，始稱詳備。又見天語詳。

東竺菴

精藍枕溪潯，春風自花柳。勝地翠華臨，十笏虛能受。寒玉激階除，螺峰列牕牖。疎鐘響欲沈，妙香清無垢。柏子落庭陰，門外松濤吼。

雲净寺

梯磴盤旋屐印泥，望中雲罩擬相提。須臾出岫雲容净，一抹氤氲入睿題。

再題千尺雪

飛流直下注成池，再訪幾餘一賞之。悟得宣尼川上旨，萬殊一本有如斯。

再題半天樓

層樓矗天半，登陟筍輿便。只五重來處，新題一兩篇。雲霞生畫棟，菽麥兆豐年。此日憑欄頃，霏霏下紫煙。

得概軒口號

卍字闌干浄可憑，階前流水一泓澄。催耕布穀叮嚀語，東作應知次第興。

受宜居

香茅紅杏結檐楹，處處遥聽叱犢耕。最是春山新雨後，閒繙王帖仿時晴。

題鄒一桂杏花

扈從當年寫折枝，宫門紅杏正開時。臣家一幢題長倩，猶記春風豹尾隨。見前注。

再題心鏡齋

檻前水色方渟碧，户外山光又送青。此際皇心涵遠照，每於萬里見情形。

池上居

鑿池自領巖中趣，架屋猶憐鏡裏居。蘋末風過銀浪活，簾間雨歇錦屏舒。鳴鳩乳燕芳春暮，白石青溪罨畫如。佇想宸衷真淡定，恰從閒處悟盈虛。

琴峽亭

戛玉泠泠奏七絲，宸襟瀟灑即於斯。繪詩讀畫王摩詰，流水高山鍾子期。

南　村

幾家茆屋曲通村，即事還同野老論。風過林端喧鳥雀，日高原上散雞豚。波光瀲灩初平岸，黛色參差卻對門。最是閭閻淳朴處，羲皇景物自常存。

農樂軒

偶憇層軒翫物華，勝遊如到野人家。略規豐澤年年好，一例恩膏歲歲加。日暖青疇開夏甸，風輕紫陌見春花。皇心要自同民樂，念到西成望轉奢。

賦得河海不擇流得虚字，五言八韻，春闈試題。

直下連天漢，迴環抱地輿。有容德乃大，不擇量何如。噏受三川合，包含百谷餘。蹄涔歸洄酌，點滴挹方諸。星宿探猶及，朝宗得所於。龍門窺縱遠，貝闕注仍虚。沐浴榮光射，澄清積垢除。瀆靈齊効順，謙益仰開予。

過大嶺望雲罩塔作歌

香雨潤翠蓋，塔隱華鬘遠。難見慧日耀金繩，塔繞白毫吐一線。天龍忽拜天人來，相輪矗矗雲中現。紆迴石磴妥吟鞭，實氣欣占分面面。高山日照開晴煙，佛經釋迦如來説《華嚴經》，譬日出先照高山爲第一時。奥義悟徹歸新篇。扈遊各各生懽喜，俯仰一切無縈牽。

平谷道中作

輦道真看似砥平，一番榆莢雨開晴。聲聲布穀林中唤，要勸山農東耒耕。已過禊節展春節，婦子懽迎競掎裳。馬後青山相送好，林梢幾疊翠雲長。父老扶笻盡出城，省方展義眷皇情。須知笑語春温布，只在官如水樣清。

陰

雨足芳郊喜力田，又聽鳩婦喚桑巔。秧抽淺水鍼猶小，麥展平疇翠欲連。花外嫩鶯餘百囀，風前弱柳已三眠。屏翳解送清塵雨，膏澤應知霈亦然。

曉　行

仙蹕凌晨啟，行官列騎連。柳梢星欲落，茅舍火猶然。卷旆迎朝旭，飛橋壓大川。觀民多豈樂，林薄散墟煙。

過順義縣城

馳道接春城，嫣花綴露輕。野橋新漲合，官樹綠陰生。俗識絃歌化，民安解阜情。由來歸德地，北齊置歸德郡於此。鑿井事躬耕。

於行宮疊舊作韻

郊塍開霽景，行幄暖光融。雨洗庭槐綠，春餘砌藥紅。承歡依聖母，無逸仰皇躬。瞻望趨雙闕，慈雲覆玉宮。

詠紫白丁香

含情忽見瑶臺客，倚笑如逢紫府人。記取柔香還百結，兩花身是一花身。

迴蹕詣暢春園問皇太后安

甸服仰周詢，迴鑾際好春。一人隆孝治，萬彙盡懷新。永享承平樂，同敷長養仁。與時臻道泰，歲歲望鉤陳。

夏五望山相公有見懷詩二首用王摩詰藍田山石門精舍韻各書箋頭付其門下士貽曾馮子覓便郵寄予貽曾謹飭士也慮有浮湛適文登徐明府奉旨來浙明府爲大中丞雨峰先生令子曾令吾郡昨便道抵家省母留兩月仲秋八日明府詣予出相公所惠詩箋及如意祁葛等物予讀詩狂喜先是相公寓書索予和詩至再予無以應頗以未得展讀來章爲悵今乃得之次韻爲報情見乎詞

白髮存老友，作詩附薰風。高鴻滯東海，極目不可窮。遂令兩地心，悵悵將無同。延佇頻遠睇，東閣誰能通。叩門來馬策，開緘始一適。新詩鬱蒼松，真意悅老柏。況示何殷勤，賞契在岑寂。固哉説詩人，風騷分主客。謂唐張爲作圖事。幸生文明代，颺拜讓左席。自慚非瓊瑶，敢希近奎壁。平生一寸心，覶縷道所歷。屈指歲星周，金鋪展良覿。近奉旨：後年恭遇聖母八旬大慶，命陳群扶杖入朝恭祝。

次兒汝恭作令江左歷任劇邑相公總制兩江時深賞器之今夏服闋赴補謁見邸第每出新詩見示視同猶子初次接汝恭禀云邇日相公偶感暑熱上遣御醫調治數日後當痊可也予聞之益增懷企又浹旬家人從熱河齎恩賜緞疋歸踶接後即問相公起居禀云某等自熱河進京行兩日於途次望見中堂車騎赴行在即趨前請安見相公光浮顔頰諭云汝等歸爲我問主人安好途次未能作書也予聞之喜慰實甚又用王摩詰藍田山石門精舍詩韻一首

家兒作令日，小草承春風。分當列猶子，受教況無窮。崔韓有世講，韓晉公與崔鉉事。今昔同非同。吾衰懷老友，問訊兒能通。昨來雲間策，眠食偶未適。公情如芝蘭，公體乃松柏。我心車輪轉，我坐蕭齋寂。徙倚望好音，帆落少北客。摺使塞外歸，重較迎鈞席。計日行在趨，直廬敞東壁。密勿顧問深，玉漏移時歷。詩成託枚乘，一讀一面覿。

附原詩　己丑端陽香樹太傅録王摩詰藍田山石門精舍詩於扇頭見寄並索予詩即用其韻寄懷一首　尹繼善

一别動數載，不得坐春風。恰如參與商，相望思何窮。江湖與廊廟，忙閒各不同。幾行尺素書，又少鱗鴻通。羡公杖輕策，逍遥復恬適。縱目看青山，抱膝倚蒼柏。可知燕臺叟，逸情漸枯寂。節序感新花，光陰送過客。才拙恥素餐，恩深虚前席。退食晚香亭，恩賜絢春園，內有亭，名曰晚香。搔首對東壁。壁間舊贈詩，墨痕猶歷歷。惟有鴛湖人，徒向夢中覿。

以絢春園誇於香樹太傅仍用王摩詰藍田山石門精舍韻感舊述懷又成一首　尹繼善

别墅叨恩賜，日日挹清風。四時景各殊，樂意正無窮。有屋似扁舟，不繫亦相同。金陵署內有齋，名不繫舟。有池來活水，源與瀛洲通。公餘理笻策，緩步隨所適。懷友望停雲，問年指古柏。數畝儘寬舒，三徑饒幽寂。回憶在吴門，同作遊山客。昔予駐節吴門，先生曾往西山同遊。細雨醉登樓，青燈夜聯席。攬勝憩僧房，題詩留翠壁。而我絢春園，公卻未曾歷。北來喜有期，花開好共覿。

秋夜攜臻孫泛舟即事得湖字

露下添衣立，船頭當杖扶。篴隨歌到水，雲送月臨湖。自笑老攜幼，真同鵲引雛。平生驚蟋蟀，衰白尚瞿瞿。

西鄰朱丈喜種菊花時輒送數十本漫題一首

懶予辜負菊花天，勞動鄰翁十八年。予自壬申歸里，衰懶不治花木，閱今十八年矣。爲愛晚登同佚老，敢希輕體學神仙。韻流橘緑橙黄後，香發霜螯白墮邊。最是夜涼賓從去，尚留清影伴華顛。

香樹齋詩續集卷二十九

題李南有上舍夫婦荷鋤求桑册子有序

昨恭和御製題《耕作》《蠶織》二圖用宋樓璹韻，並敬録元韻以進。甫脱稿，適同里李生攜其夫婦小照率子女分事耕桑，展圖諦觀，隱有合於聖製詩意者。生爲韞齋監司第三子，青年力學，恪守庭訓，夫婦相莊，玉鏡臺邊，篝燈佐讀，掃除膏粱習氣，雅以耕織見志，有唐魏之遺風焉，醮案頭餘墨題之。

昔有樓於潛，作繪圖耕織。曾聞進御前，褒獎下手敕。流傳歷年所，内府弆真蹟。我皇登極初，敦本重衣食。法祖廑耕桑，農天裕王業。叶深宫知民依，四海安袵席。按圖詠其事，親見婦子力。亹亹二千言，字字窮考核。賡吟命衰朽，静言會瀝液。天光寸管窺，海水一蠡測。詩成方悚惶，又復展此册。李生名家子，耕讀承舊德。寓意師豳風，叩我乞餘墨。由來脩士衷，至理要深繹。一民或飢寒，安知非我職。豈惟身習之，還示兒女式。戴勝晨降桑，催耕又布穀。叶占候紀群書，默默順帝則。黽勉事倡隨，惟勤乃有獲。幸生太平時，勿使居諸擲。

海山周少司馬登舟圖詩有序

乾隆二十一年春，海山少司馬任編脩時，同侍講全君奉使琉球。使還，上嘉其清操，命直禁籞，侍諸皇子讀書。尋出，視學豫章。昨移節吾浙，按試嘉郡。事竣詣余，出所繪《登舟圖》索題。余忝老友之末，製四言五章，以紀其事。

我皇握符，恩覃海寓。西被東漸，朔南咸敘。中山波臣，工受嫗煦。歲在柔兆，請嗣封土。稽典秩宗，選賢文府。臣魁臣煌，實膺斯舉。則錫之章，龍光駝紐。叶碾與切剛日戒行，閩天率旅。

首塗虎門，針路是東。行五六日，礁石則逢。邅迴信信，檣傾颶風。天吴海若，奔走豐隆。烝徒怖伏，震盪舟中。彼蕃遣吏，曰避其鋒。或登子岸，或縋於鄘。公獨鎮定，筊卜安衆。叶平聲

計日乃達，嗣蕃稽首。起居天使，鞠跽搓手。宴饗斯承，贈賄則否。往復徒爾，冰淵是守。卻金亭畔，王捧斗酒。跽而陳詞，天子萬壽。天使還朝，言陪王舅。申請國恩，橋門觀耦。

歸驅西指，石盤在瞻。飲吴隱亩，麾陸賈金。橐筆紀載，職方所諳。帝嘉乃績，恩禮載覃。命趨玉堿，晨直經函。月卿是貳，眷遇特深。公益勤慎，自矢丹忱。再畀玉尺，文教是任。

公臨吾郡，走也老止。公餘存問，念故人只。出出使圖，咫尺萬里。讀所題詩，天家麟趾。

徵實攄誦，詞醇誼美。有蔚其文，同時卿士。斯典懿矣，斯圖偉矣。誰其傳之，三朝柱史。

題宫傅高昭德制軍據鞍習勩圖

易稱康侯錫繁庶，三接恩榮紀殊遇。申公奕世令僕家，唐高士廉，三世爲僕射，封申國公。後先茇憩甘棠樹。提封萬里連斗牛，膏澤入州敷雨露。更擕金鑑導源流，手障百月回砥柱。記年二十起望郎，一鞭出守五原路。公出守榆林，年未三十。予貳秋官，曾贈曉朝之策。榆林，舊五原路也。亨衢騰達歷塊過，大江南北旌幢駐。家訓由來篤不忘，國恩況敢遺跬步。惟將汗馬答宵衣，要以忠勤託毫素。相隨驥子亦名駒，竹帛勳猷此時豫。我老猶存千里心，披圖猥竊九方顧。和鑾行見荷龍光，拜手彤廷歌燕譽。

敬題臣母仿宋趙孟堅所畫九十三莖水仙長卷二十五韻恭呈睿覽

弱草挺素節，非蘭亦非芷。雜佩留江臯，芳名占仙史。清泉與白石，結根外塵滓。淩波一來去，風致託彼美。昔有宋王孫，絶藝擅前軌。自署水仙王，下筆動神似。孟堅好畫水仙，欲以敵楊補之梅花。一日刺舟嚴灘，見新月出水，曰：『此我水仙出現也。』剏圖九十莖，一時歎觀止。流轉五百年，曾入長安市。北海少宰家，題識小郗氏。此圖後歸孫承澤家，檢討朱彝尊題詞。最後來武原，舊物還鄉里。孟堅曾流寓鹽官，臣母亦世居於此。臣母少善繪，借觀一仿此。吮毫對曲屏，渲染展净几。花花金玉芝，葉葉鸞鳳尾。密若會群真，珠鈿粲百琲。疎若空谷姿，遺俗自防禮。側者妝欲成，對鏡一相倚。背或垂長髯，俯首照江水。整暇復參差，面面生歡喜。竟幅二丈强，神韻所驅使。真蹟幾雲煙，摹本亦遷徙。孟堅原卷，近罕得見，即臣母仿本，亦數易收藏。今從親串家購得，得迎邀睿鑒，亦斯圖之幸也。時節歲方晏，芳藹敷玉吧。持將獻曝忱，狃兹淩寒卉。少讀仁皇篇，詠物得妙理。至今一跽誦，垂老學博依。願承近案榮，得侍軒牕裏。臣嘗恭讀聖祖御製《見案頭水仙偶作》詩，有云：『群花只在斬牕外，那得移來几案間。』賞鑒花品，實爲上乘。杜甫《丹青引》：『王花恰在御榻上，榻上庭前屹相向。』詩境略有相近，而含蓄蘊藉，寓意深遠，恰從恬澹寫出，則甫所不能到也。

馮甥廣思出令祖樹臣司寇山水小幅屬題得三絶句

遠瀑但聞雲外落，行過略彴已潺潺。人來讀畫推能事，應在井西東井間。司寇山水素法井西老人，此幅氣韻似之，亦愛里中項翁東井，而微嫌其枯寂。

手澤精神堪世守，恭題令子與文孫。柯堂中丞、孟亭侍御各有題識。更攜一幨横江雁，令孫，虞伯中丞長子也，數年前曾仿司寇《横江雁》作《填河鵲圖》，予曾作詩紀其事。絶藝争看聚一門。

學書初學衛夫人，但恨無過王右軍。昔日談諧成印證，藝林佳話總無分。五十年前，司寇曾於群母陳太夫人皮閣中，見先府右題先太夫人所畫册子，驚歎不已，笑語群曰：『偶憶浣花句「學書初學衛夫人，但恨無過王右軍」，見此册，堪移贈也。』後册子爲有力者購去。前歲損冬米十二石，復還故物，爲裝潢恭進。上極賞之，每幅賜題一絶句。數月後，敕畫師金廷標仿摹。圖成，即以所賜題詩親題仿本，存之寶笈，而以原册賜還群家。御製跋語有云：『内府所卿母畫甚夥，不忍更留。比仍以賜卿，俾卿家世守之，他日藝林又添此佳話也。』今五閱歲矣。

恭和御製幸避暑山莊詩五十首乾隆己丑年

恭奉皇太后幸避暑山莊御園啟蹕之作

啟蹕秋初喜放晴，風光明朗照霓旌。頻年天仗開前路，數日安輪緩後程。迤邐愛看禾黍熟，高低一望甸畿清。眼前即景皆詩境，又見豐收慶有成。

即事

民爲邦本食民天，聖主勤民量晴雨。封章次第廑宸衷，處處祈天無失所。雨多雨少閩與秦，應祈旋轉天實輔。滇南報稔達軍書，經略大學士傅恒等，奏滇省晴雨應時，秋成倍熟。楚北漲潦如親覩。其餘守土上順成，穈芑秬秠稌稏黍。周畿豐穰又倍之，萬里歡呼樂田父。直隸全省，輪廣萬里。塞田高下刈熟時，輦路經過聞吉語。普天率土頌皇仁，宵旰勤勞咨疾苦。今歲雨暘時若，實由天鑒皇誠，轉旋應候，皆獲豐收。即如臣陳群所居浙之嘉興郡，春夏間，霖潦浹旬，至初秋風日晴美，遂慶有年。其湖北上江間，遇偏祲，隨蒙皇上軫念民瘼，不惜帑金，急敕大吏量爲賑復，不致失所。

曉　行

煙林葱鬱明疎星，石路霏微滴濃露。秋塍萬寶自生香，省斂村郊一停馭。土脈神臯倍沃肥，近光黎庶恩尤飫。銅鉦樹外雞尚鳴，翠罣雲中馬徐度。皇心驗歲兼重農，怡情爲攬田家務。

出古北口

蠮螉左控有重門，山勢環迴護塞垣。擁衛屏藩諸部落，年年秋獮慶迎恩。
帶闠通闤望幸情，塞農歡笑報西成。萬家預効呼嵩祝，恰喜秋山晨嬾晴。
指點林巒跋馬過，鬱葱佳氣擁峰螺。皇言國語參金史，脱脱揭傒斯諸臣得正訛。二臣皆元至正間脩《宋》《遼》《金史》史官。
氣候陰晴關内外，今年豐蔚勝當時。迤東迤北論疆索，更卜千斯與萬斯。

喀喇河屯行宫作

頓宿輕程駐塞城，曈曈帳殿曙光明。觀風恰值新涼景，問俗應占于野亨。到市雞豚知歲稔，連村煙火樂民情。山莊漸近移仙仗，出岫秋雲馬首横。

至避暑山莊即景成什

天開蓬閬結巖扉，隨輦諸藩比雁歸。福地那居到處好，紅塵仙館似兹稀。敬承祖澤心爲寫，『寫心精舍』爲聖祖御題。永結前光德是衣。雲集塞垣諸父老，年年獻壽展依依。

碧峰寺

蒼秀一峰開，禪扉蔭古槐。燈傳散花室，香湧妙蓮臺。魚鼓自朝暮，迦陵時往來。無言悟聲色，至理此中該。

出麗正門恭迎皇太后至山莊敬成長句誌喜

金根羽導肅傑池，衹奉慈寧撰吉時。爽挹錘峰開宿靄，瑞凝仁嶺燦晨曦。九秋早聽歌多穫，萬國行看慶受祺。計日流虹華渚集，扶鳩重與列仙隨。壬申冬，恭遇聖母七旬大慶，臣祝釐闕下，蒙恩賜杖。後年辛卯，恭遇慈壽八旬，臣當前期扶杖趨朝，再効嵩呼，曷勝抃躍云。

旃檀林

薝蔔花如海，真香静者聞。風清何縹緲，雲潤自氛氳。『如來出世，如大雲起雨，一切卉木藥草，隨分受潤。』見《清華經》。偶賞林巒趣，閒看麋鹿群。幾餘參妙諦，一指示奇勳。

澄霽樓作歌誌懷

夜牕蕭騷山雨繁，朝畦浸潤村農利。層樓遠可眺平原，霽景微茫徧郊遂。千重樹色起蒼煙，萬疊嵐光滴空翠。眼前勝概孰能收，一經茂對皆真意。乾乾玩易仰淵衷，察物觀民增位置。

天籟書屋

繞屋分葱蒨，涼颸空際翻。不知庭樹密，疑是海濤喧。野鹿馴階砌，山禽解語言。清陰鋪滿地，時有月侵門。

招涼榭

結宇宛巖岫，樹密風徐來。微涼不待招，小憇何悠哉。夕陽下林麓，暑氣亦已回。披襟快雅抱，寧藉白羽催。山雲低欲住，塞草黄未摧。蘸筆寫天藻，天音有追陪。

戲題玉琴軒

棟宇臨谿構，名軒絶點塵。不須彈古調，而自會天真。静與道相遇，音惟德可憐。虞絃時一奏，愠解萬方人。

千尺雪

白雨跳珠水一灣，隨風霏屑落峥潺。睿情觀化尋詩境，只在青林杳靄間。
界破青山疋練長，松毛落澗自生香。分明一斛銀河水，瀉作人間六月涼。

泛月四首

素月揚輝賦謝莊，秋雲濤湧一輪匡。遥知鳳舸清無暑，蘋末微飔送晚涼。
波平風輭放湖船，涼月今宵分外圓。驚起蓼灣雙白鷺，翻飛拍拍落洲前。
翠蓋亭亭幾柄蓮，冰輪倒映更鮮妍。叩舷且莫催銀燭，自有清輝照遠天。
隄畔金風動早涼，夜來清露襲衣裳。山容樹色渾如畫，摇漾平湖瀲灎光。

詣溥仁寺瞻禮

莊嚴重焕梵王宫，瞻禮今來駕玉驄。寺號溥仁思祖澤，歲稱大有樂時豐。蒼松古柏增慈壽，化日祥雲護聖躬。佛在諸天齊合掌，繽紛花雨八方同。

澄觀齋

户外山抱迴，階前水襟帶。巾有十笏齋，税暑此間最。臨流心跡清，奚必擇勝界。頗笑玉局翁，照影問誰在。風動與風丘，觀理以澄會。臣嘗讀蘇軾《泛潁》詩中云：『畫船俯明鏡，笑問汝爲誰。忽然生鱗甲，亂我鬚與眉。散爲百東坡，頃刻復在兹。』非精於釋典，不能得此化境也。今恭讀御製至『八百眼功德，三千心世界。曰澄澄底事，是觀觀自在』，清空靈妙，尤非思擬所可及。

題宜照齋

數椽小築枕山城，樸素端能愜聖情。一逕午風驅溽暑，千章夏木照初晴。鹿遊芳草惟餘跡，鳥下深林每送聲。偶憩清齋得新句，宸襟茂對寄量評。

就松室

小憩怡情送嫩涼，按時琴瑟判槐桑。《通典》：冬至鼓瑟，瑟用槐木；夏至鼓琴，琴用桑木。槐取氣上，桑取氣下。愛看古韻流晴爽，多説天居近老蒼。謖謖秋濤連帟幕，童童晚翠接堂皇。移時文囿飛來鶴，仙羽氄氉帶夕光。

挹秀書屋

聖學迎日進，幾暇觀群書。山齋挹秀色，林壑争縈紆。相賞味不厭，獨領趣有餘。皇王時一晤，道德會乃腴。即境參妙緒，豈曰商起予。

詠荷二首

塞上仙人翠蓋擎，秋池點綴鷺鷥行。納涼轉入花深處，一望陂塘錦織成。

花中君子自裳裳，品格居然殿夏芳。明月秋來呈佛面，也生懽喜也生香。

登臺待月上遂策馬遊山至湖復泛舟攬景得詩八韻

出海冰輪遲，去聲登臺翠罩留。夜涼峰上月，雲浄水明樓。濺浪魚鱗躍，驚枝鵲羽遒。一泓清可掬，衆嶺皺相儔。煙樹臨波寫，珠簾入鏡流。到秋增爽氣，如畫愜宸遊。近岸初停策，探奇更泛舟。賦才誇赤壁，試問勝斯不。

有真意軒

一徑入煙翠，雙屏自款關。啟疏招白鶴，移榻對青山。偶憶曾題處，因消片刻閒。玲瓏幾拳石，真意在其間。

静含太古山房作歌

山房僅容膝，拂逕風來自通透。即事動清吟，翻水詩成豈寒瘦。年年秋獮此往復，獨愛陰崖結矮屋。亂跳瀑布聽有情，青削芙蓉看不足。土階茅茨制仍古，髣髴松棚與竹廡。我皇克儉本家傳，供帳由來誡華組。

夜雨七月廿五日

仙館遣清晝，秋爽挹佳霽。時有鶴鹿過，未見蜻蜓戲。夏秋間薄暮，蜻蜓隨風戲舞，則雨將至，農家以此占之每驗。曰雨而曰暘，時和朔南暨。默禱屢皇衷，於此占歲事。塞垣本近畿，一視等鄉遂。麥以金王生，菜豈疏材置。疏材，見《周禮・天官冢宰》。疏，通蔬。知時夜中雨，頓助蕃昌勢。響隨刻漏移，潤想排簷繼。遥知慰宵衣，於焉適清寐。此時三農情，早愜九重意。詩成夜未央，爲紀蒼穹賜。屢豐信自今，萬國同嘉惠。一哉聖人心，永言矢無替。聖心每邀天貺，必深敬勤勉惕之思，見於御製詩文者，不可悉數。恭繹元韻，倍仰謙懷，臣陳群㒂勝欽頌。

秀起堂對雨

片雲作秋陰，解送半天雨。一堂抗疏峰，獨秀拔軒宇。轉眼喜時晴，寫作豐年譜。黛拖松杪釵，粉落竹間莽。《爾雅疏》：『竹節間促數者名莽。』節候長如春，道契羲皇侶。穆然愜宸襟，生意忻得所。

曉

山靄晴雨分，林霏昏曉泮。横空霽景明，入隟晨曦燦。淙潺泉溜喧，隱現峰螺幻。迎涼落葉知，卻暑添衣見。聖化自流行，萬里速郵傳。

敞晴齋

雨餘愜新晴，秋陰不須久。殘滴似開壺，收潦寧俟帚。『帚動川收潦』，宋人句。哢禽甫出林，鳴鹿已在藪。覩化契宸襟，香篆散牕牖。山光入鏡中，始悟虚能受。試看擘絮雲，靉靆松間走。

繪韻樓

論詩取神韻，不如畫所到。粉圖亦云工，天繪乃至妙。兹樓儼東絹，一幓盡其微。倪迂與黄癡，雙管摹難肖。吟成韻益奇，天筆爲寫照。恭繹元韻，於詮解繪韻處，指點出化工神妙。董仲舒曰：『善言天者，必有驗於人。』臣亦曰：『善言繪者，必有會於天。』千古詩家、畫家，一齊頫首。昔人謂王維『詩中有畫，畫中有詩』，又其膚末者矣。

策馬過谷遂至含青齋

天朗籋雲驔，卷阿試可堪。停鞭來罨谷，坐榻對層巒。石拂苔紋皺，香霏篆字巃。遥青看此外，應讓大空含。

由西峪遂至創得齋因題句

一路風林遞晚涼，山行仄徑轉仙莊。會心道向幾餘悟，得意言從象外忘。古木迎秋餘紺碧，遥岑隨仗送青蒼。齋名創得因高作，崇儉皇衷尚未遑。

題緑雲樓

過雨峰巒濯皺紋，静中香氣遠風聞。秋山日似春山日，一色雲兼五色雲。書字雁迴看作陣，呼名鳥下自成群。塞農早卜逢年慶，却向登臨慰更欣。

水月精舍詠新月

懸崖構精廬，軒楹分面面。水環月下流，月湧水中見。如弓已漸彎，似鐮豈須鍊。動與水檻連，新比月泉半。半月泉，見《西溪叢語》。聖言誡持盈，印川旨常現。

清舒山館

天然圖畫着山扉，觀物澄懷契化機。嘉樹每從塵外賞，喬雲常向嶺頭飛。清宜繞逕秋容好，舒覺當牕暑氣微。高館年年紓睿矚，仙家蓬島是耶非。

紅　葉

烏桕青楸雜遠楓，鶗啼雁叫正西風。化工着意供宸賞，杏臉桃腮八月紅。誰云彩縷堪爲纈，不信丹霞可作裳。塞上年年秋色早，谿山點染未經霜。

夜亮木

奇絶宵明木，鑽來得火無。氣應同夜識，紅不待春敷。威喜芝生也，《抱朴子》：『松脂萬年，其上生木，名威喜芝，夜視有光。』昌陽花發乎。《南齊書·五行志》：『菖蒲忽生花，光影照壁成五彩。』能教虛室白，長照與螢殊。

觀瀑二首

天紳不與谷簾爭，大小雖殊同一鳴。觀理至人指點處，馬頭疋練望中平。

源頭天一與中黄，萬斛珍珠雪色涼。忽在高山忽流水，要從仙石悟清商。用《水仙操》語。

題食蔗居

翠微偏曲折，山北轉山陽。竹柏陰當户，琴書韻滿床。磴梯多葉落，岫幌有雲藏。腴道原同蔗，中邊味似漿。

中秋夕即景

雲裏開澄霽，中秋月上時。萬方同一照，今夜更相宜。皎潔經天净，玲瓏出嶺奇。朗呈仁壽相，輪滿桂林枝。

木蘭行圍熱河啟蹕之作

敬問慈寧豫，良辰啟獮程。順時簡軍實，撫化慶秋成。雲路馬蹄疾，霜華箭鏃明。德威力振遠，時命大學士、忠勇公傅恒經略征緬。王政有權衡。

瑞雪歌次岑嘉州韻兼懷大學士忠勇公時經略征緬軍務

平明衢巷迷曲折，扶藜愛踏春前雪。自是天公降瑞來，瓊樓玉宇面面開。富家狐貉下帷幕，窮子縕敝不知薄。誰憐一樣肉與皮，那識千般穿與着。硯池滴水水欲冰，吟箋試筆筆已凝。旃那萬里貂裘客，琵琶美酒和羌篴。征南大將擁入門，夜擒元濟紅燈翻。我心已渡黄河去，短簫一聲凱歌路。醉眠夢上蘆溝橋，知是班師振歸來處。

賦得櫓摇背指菊花開限開字

放艇清江外，篷牕面面開。金鎔黄粲粲，霜染白皚皚。晴色入空際，秋容照眼來。誰家高士宅，似向老夫栽。隱見隨波轉，低昂與岸迴。篙師多不解，詩客獨徘徊。遲暮驚時節，蒼茫問酒盃。杜陵千載上，此致亦佳哉。

鵠雲弟生日奉第五叔平山堂小集時在會者補堂杜太守雪廬慈門石莊三上人石莊繪圖屬題

吾家第五叔真頑，老去山遊緣未慳。鴻爪半生多宦蹟，楚山踏遍又齊山。叔弱冠通籍，初宰郎西、黃梅，遷隨州，尋補保安，左遷竇坻，後官山左，歷任皆有循聲。年來子舍起江南，有約江梅便去探。此日南徐新領郡，鵠雲出江都令，擢海州牧，數月即領鎮江郡符。頭陀重訪舊瞿曇。

兩三州外曲屏開，咳唾知無半點埃。説與主賓兩太守，山青酒白我還來。

題顧葭鄰明經乘槎圖即次卷中裘漫士尚書韻

寸陰已過千疊山，半槎如馬空騰騫。乘風直欲至牛斗，捫參歷井不可攀。行幐卷軸置何處，别有興會非人間。固知賢者寄意耳，誰能汗漫遺區寰。侵晨扣門索題句，門前纜繫第二船。爲言俶裝將北首，吾衰戀闕心猶牽。連朝有夢到析木，置身宛在瀛鄚邊。時恭聞皇上歡奉慈寧春巡津水，敬製迎鑾詞十章，遣家人恭進。尚書結習抱詩癖，斯圖假手成因緣。漫士尚書愛讀予詩，每贊歎不去口。昨歲舟過吾郡，手授屬題。年來握管思不屬，往往促迫人争傳。君今攜圖入瑶島，翻身便謁蓬萊仙。相逢舊侣問好在，出我新和乘槎篇。

題汪觀察蘅圃松谷佩蘭圖

高松如端人，青青含晚翠。芳蘭如静女，國色自流藹。一涎冰雪姿，抱質無榮悴。一生幽澗中，獨立埃壒外。草木有本性，默默感臭味。自非澹泊懷，誰能領斯致。汪君濟世才，而具出塵思。家聲毓令儀，祖德垂遺愛。偶坐松谷間，穆然發深會。手此王者香，曰予其此佩。高僧得得來，傳神在空際。斯圖爲恒上人所補。試看出山泉，滋培有沾溉。

題鍾韻圃江天一笠圖遺照

出峽扁舟一笠閒，江流東下激孱顔。平生最愛水仙操，彈罷欵欽竟不還。
當年軾轍好才名，中外分鑣宦蹟清。我誄月卿輓循吏，詩成搔首不勝情。

示三女汝哲有序

三女汝哲，年十七，適姜生廷槐。生少好學能文，年二十而没，遺子女各一。姑病卧床笫，與寡居姒婦，侍湯藥，不解帶，不交睫，遞相服勞。歲餘，姑病不起，二婦哀毁欲絶，聞者憐之。姑既葬，家益落，無立錐地，所撫遺孤又殤，僅攜一女來依。予即以予猶子汝鼎所生幼子未晬抱養爲子，恩勤備至，今已九齡，予延師課讀。姒婦蔣爲吴中望族，予通家女也，亦無子，隻身賃一椽，伴鄰嫗存活。歲時來視其娣，留浹旬乃去。吴中及吾郡戚鄙，莫不稱二嫠之節。而蔣之孑然無依，守志厲節，更有可憫者焉。昨學使採風吾郡，給額旌之。汝哲乞予一詩示訓，並勖其子，因述其苦節大略云。

三歲曾爲婦，艱難歷苦辛。可憐及嫁日，已作未亡人。畫篋封遺稿，妝臺網宿塵。病姑頭似雪，弱女掌中珍。藥餌親調治，衾單手補紉。有兒偏不育，抱姪爲存禋。我老歸鄉里，君恩給俸薪。數椽留止息，五口且依因。就塾休輕徙，親仁可卜鄰。汝生本荼蓼，汝節比松筠。願力期全操，陶鎔仰大鈞。由來傳母範，多半屬居貧。

香樹齋詩續集卷三十

庚寅元旦試筆

衰老閒繙汜勝書，孟陬辰合兆維魚。兩階虞舞班師日，時有旨，命經略征緬大學士忠勇公傅恒整旅班師。九葉堯蓂獻壽初。士仰登龍思造就，皇太后七旬萬壽，特開庚辰恩科。明年辛卯，恭逢慈寧八十大慶壽考，作人多士，咸切觀光之志。農欣藏富在田廬。七省遞次蠲漕，吾郡適當今年。天顏喜覲慈顏豫，朗朗鈎鈐帶玉除。

津水迎鑾詞十首倣榜歌體謹序

析津爲三輔肘掖郡，舊隸瀛州，東界少海，距谷王歸墟僅百餘里。又爲運道總會，魚鹽殷庶，水陸通都，沽水淀池，環迴襟繞。蓋畿輔水利之統滙，沃壤神皋，甲於甸服。皇上勤求治理，相度形勢，疏濬諸淀，增脩長堤，洩宣五閘，斟古酌今，思深慮遠。雖旱潦仍仰天時，而人工力作，固已計備萬全。所司遵奉指示，遞歲周防，大小沽水，東西淀池，安流無滯。於是三津週遭三四百里，漁莊蟹舍，杏塢柳塘，彷佛平江道上、明聖湖邊，昔人小江南之目，洵在斯矣。

皇上御極以來，海寓乂安，化隆熙皥。三十四年冬，班萬里之師，來七旬之格，恩覃徼外，慶洽寰中。上章攝提格，特頒諭旨，以連歲聖壽慈禧，慶典駢集，誕膺多祉。茂迓鴻庥，恩綸疊沛。籲俊於拔茅連茹之會，蠲賦於屢豐大有之年。詔下日，士氣雲蒸，民心雀躍。上乃順時展孝，奉皇太后同舉上陵之典。禮成，即敬遵懿旨，允督臣所請，歡奉安輿，周巡津水，展義觀風，諧淀祠瞻禮，用答神貺。仍申命所司，務從儉約，毋事奢靡，而布德行賚，視常例有加。

臣少遊京師，每南宫下第，客居津門者五六年。蓆帽吟鞭，尋詩堤畔，其可供眺覽處所，俱曾遊歷其間。閲今五十餘年，凡臣客津少作，俱蒙宸覽。丁亥春，駕幸天津，得拜睿篇賜和《津水早春詞》七古一首，藝林榮之。至臣自予告林栖，迄今又將二十年矣。臣父子沾被聖恩，至爲優渥，銘心刻骨，筆所難宣。乙酉之春，恭逢皇上四次時巡江浙，喜覲天顔，五六年中，受恩稠疊，清夜思維，感深夢寐。一種依戀忱悃，藴結於中，莫能言狀。兹當春巡畿近，適臣賤日舊遊之地，未得趨侍蘭舟，瞻仰雲日。正如嬰孩啼笑，思見慈父母歡顔，其從性真流出，莫可形容處，仰賴聖慈俯垂鑒察也。敬製《津水迎鑾詞》十首，傚榜歌體，附俚俗風謡之末，抒野人芹曝之誠。恭呈御覽，伏乞訓示。臣陳群可勝瞻依，顒切之至。

鴻禧累洽應繁昌，代際昇平日月長。纘倣劭農徵聖治，特頒茂典迪前光。月正諏吉，詔開庚寅、辛卯鄉會兩試恩科，特頒恩旨，蠲免天下各省正供一次。

上陵展禮必躬先，雨露沾濡二月天。侍奉慈寧舒愾慕，鈎鈴朗耀細旃前。

禮成攀奉省畿南，恰喜風光三月三。瀛鄚水通諸淀水，晴波萬頃碧於藍。

魚罾竹埭紫泉行宫十景之二。記初程，望裏春波似鏡明。七十二沽襟帶繞，環環曲曲馬頭迎。

六十龍顔天子聖，八旬鶴髮母儀尊。海壖士女如雲集，歌咏新恩浹舊恩。聖祖臨幸天津數次，恩澤夙覃。上於前歲閲河觀海，澤沛周畿。此次歡奉安輿，環視沽淀澤國，沾既恩波，淪浹肌髓，孝治福徵，史册罕覯。

析津叉手記年時，賜和重翻春水詞。盥讀千迴展依戀，今朝清夢望雲馳。五十餘年前，臣未成進士，曾流寓天津，所作《津水早春詞》載臣集中。上前歲初巡津郡，行舫中恰攜臣《香樹齋詩集》，蒙恩賜和一首，寄臣恭和。臣復成七古一首，以紀斯遇。今聞恭奉慈寧再幸天津，不能奮飛道左，遥望矞雲，曷勝雀躍。

晨移蘭舫過蘇橋，比似蘇堤第幾條。此際慈顔欣攬勝，春流一曲奏雲韶。

淀神祠宇淀池濱，疏濬曾勞指示頻。一自慈雲瞻禮後，永貽樂利在三津。

風檣水繂路縈紆，竝塞飛來大小沽。彷彿江南巡幸處，石湖轉棹即西湖。石湖、西湖爲江浙勝地，而津水迴環處，鑾輅時巡，瞻蒲望杏，實兼有之。兩湖相距三百里，臣詩云云，亦借用仙人縮地法也。

重熙疊慶荷天庥，慈履祥徵愜豫遊。南國年來齊望幸，祝釐海屋正添籌。江浙兩省紳耆士庶以五載時巡，届期人人思瞻仰天顔，比於津民，更切近光之願云。

恭和御製巡幸天津各體詩

恭奉皇太后躬謁東西兩陵遂至天津府允直隸臣民預慶八旬是日登程即事成什

九陌陽和翊輦隨，橋山瞻望早馳思。精禋福受長生豫，《漢書·禮樂志》『靈浸平而鴻長生豫』，注：『神靈德降所浸，溥博無私，其福甚大，故我得長生之道，而安豫也。』利涉欣占大慶頤。日麗慈闈迎介祉，年開聖節迓繁釐。首程未覺津瀛遠，來賀簪裾溢在斯。

曉行四首

陰晴昨夜渾難定，又聽雞人唱曉傳。寒勒暄光知降瑞，馬頭花雪灑膏田。

店舍林端宿火明，曉星留照屬車行。泠風一路吹清畎，望杏瞻榆鑒睿情。

馬色朝來帶薄陰，玉花糝糝點春林。祈年恰值豐年兆，最愜吾皇遊豫心。

百穀精華資雪汁，賈思勰《齊民要術》：『雪汁者，五穀之精也。常以冬藏雪汁於器，埋地中，雨稍遲，麥仍滋殖。』要看優渥一犁皆。近畿早沐恩光溥，風物春韶漸覺佳。

過三河縣

舊是臨泃析，仍雄赤縣名。唐析臨泃縣置三河。畿縣爲赤縣，亦唐制。六飛馳道出，萬井爨煙生。聖水停鑾處，靈山望幸情。聖水靈山俱在縣境，見《名勝志》。産城《司馬法》：諸侯建城踰制，謂之産城。嗤陋説，曠土重耕萌。《屯政考》：『三河縣多曠土，宜耕屯。』

恭奉皇太后駐蹕盤山静寄山莊作

仙莊小憩即長春，愛日遲遲玉輅巡。八袠慈顔增悦豫，萬株松樹倍精神。縈紆梯磴鐫題舊，狎獵花枝著色新。山翠重重如獻壽，億年尊養自天申。

題清音齋

端坐春風裏，悠然太古心。露霏滋草色，禽囀雜松音。攬勝真如昨，勤民匪自今。何須銘户牖，到處惕斯諶。

暖

層冰涣水潯，寸雪融岩際。風花遞温馨，并作陽和氣。林表騰金烏，煙中滴嵐翠。自會無邊春，隨處得位置。試看熙皞情，静裏一言意。

詠温牡丹

國色自豉桃花紅，殿春花占頭番風。得人得天與得地，總在三才一氣中。殷七頑仙術信美，園丁偷試神通耳。嶺上萬松一頷之，將離蟄土終笑彼。

貯清書屋

穿蘿度石轉山徑，石罅泉聲流不定。懸崖結搆此最幽，倒影當空摇汀瀅。憑欄偶憩心則夷，静看景物無弗宜。螺峰在屋遞景秀，雜花拂檻争春奇。十笏依然清可貯，寒玉瑽琤激牕宇。翠華明日訪中盤，立馬芳郊問田父。

遊古中盤作

兹山何磅礴，遊陟得大觀。巨石開線路，曲折遵千盤。春雲冒空際，和風扇林端。飛泉戛寒玉，漉漉鳴奔湍。峰巒聳嵂崒，丹梯險可攀。精廬一頓憩，但見青翠攢。谷鳥弄朝旭，岩扉凝夕煙。探奇不知遠，犖确行復前。琳宫閃金碧，玉洞居神仙。盤阿信幽敞，璇題識堯年。崖栖諸父老，扶杖瞻天顔。儼似華封人，羅拜長松間。臣昔恭進宋人所畫《華封三祝圖》，曾蒙天筆題識。幾餘欣茂對，愛兹片刻閒。濡毫繪清景，更賦遊山篇。

千尺雪

高閣環春水，鑾輿此日臨。瑽然喧石徑，静矣會天心。千尺銀河瀉，三霄湛露斟。竹爐烹雀舌，清響入雲尋。

微雨二月廿六日

濕雲拖雨腳，黯澹春陰佈。夜牕蕉葉繁，静聽愜清寤。平明眺村墟，百物欣霑霔。溟濛空際霏，淅瀝未教住。一犁催農耕，乍可流泉注。遥岑如刷翠，隱見含宿霧。知時悦輿情，東作行可務。

閲本

使紙需頭上，《唐會要·驛傳》曰：『使紙，凡章奏皆需頭見獨斷。』披翻閲嚮晨。兔毫勞點勘，《西京雜記》：『天子筆以錯寶爲跗，毛皆以秋兔之毫。』蚊腳荷躬親。詔版用蚊腳書。見《墨藪》。廉遠仍卑聽，岩深亦近民。康哉歌庶事，始信萬幾真。

登定光塔作歌

山坳路轉清磬聲，跋馬重來禮紺塔。卓然千仞接初挑，《大智度論》：『譬如懸梯，從一初桄而上。』白石層層試一踏。相輪日射生毫光，曲檻雲飛近眉睫。禪枝怖鴿自忘機，斷續風鈴語相答。

半天樓上望少林塔因而有會

浮圖插雲端，倒映清泉底。層樓一登眺，卓立千山裏。高低隨所見，變幻悉由此。宸衷默會時，静觀亦如是。惟有須菩提，不改莊嚴耳。

題盤谷寺

寶刹名山對敞扉，高林初日散春暉。簷雲片片成芝蓋，磵水泠泠韻碧徽。巖翠弄晴鶯語滑，爐香凝晝篆紋霏。静便自足紆宸賞，太古煙霞無是非。

盤山迴蹕度大嶺

篛雲來大嶺，天際一停鞭。俯見虬松頂，纔從鳥路穿。人家都入畫，時節過開田。尚有浮圖影，風鈴碧漢懸。

恭奉皇太后至暢春園駐蹕作

上苑春明敞寶慈，迴環蹕路見雲移。游歌要使承歡永，定省何曾問豎遲。盤谷連朝瞻莅止，橋山越日賁來斯。幾餘更覺無餘晷，百爾當思益勉之。

恭奉皇太后啟蹕之作

兩陵涓吉兩程行，纚屬同鑾抱大瀛。喬木葱蘢靈氣結，瑞雲蔭注帝心誠。首途輿衛更番至，豐歲來牟按候萌。歡奉慈輿同昊紀，年年雨露廑皇情。

寒　食

花枝嬝嬝開十五，柳宗元《寒食》詩：『有時三點兩點雨，到處十枝五枝花。』春色分明在平楚。吹面何來料峭風，着衣不見廉纖雨。省耕甸服望正殷，遇閏農家趾初舉。安得移來膚寸雲，喜共蒼黔馬頭覩。班春行見京尹來，叱犢聲中動膏土。

清明日於紫泉行宮作

行春來蹕路，淑景正周遭。東耒時猶待，望霖心已勞。旌門臨水際，仙館枕東皋。小住過寒食，因之問柳桃。

至趙北口

燕南臨渚望非遥，法駕時巡恩屢邀。趙北口爲畿南轄地。上御極以來，巡幸山東、江南、浙江等省，皆取道於此。至閲視水閘，時巡津水，虞人楫師，俱先期於水次祗候。翠罕交縈穿弱柳，碧蹄一躍度春橋。來迎周甸瞻蒲侶，聽徧堯衢擊壤謡。淀水環流明似鏡，津民顒企自朝朝。

登安福艫作

沙棠點綴曲闌干，春淀清波展大觀。放艇中流齊擊汰，迎鑾夾岸自騰歡。載舟坐致天綏福，監水長貽國又安。垂老無因陪扈從，吟成引領五雲端。

淀神祠瞻禮紀事成什

瞻禮新宫敕所司，淀神受職此歆之。晨功承奠應同社，祀典新頒特建祠。就日耕萌歌樂利，抒誠祝史卜豐綏。潔瀾九十平如縠，淀名九十九，曰九十，舉成數也。春省斯今始集釐。

題蘇橋二首

三蘇名譽起眉州，師友廬陵居士脩。幸遇好賢天子聖，遺蹤幾暇一推求。見御製詩注。

疊石爲梁跨淀湖，居民利涉總稱蘇。當年主簿頭銜泠，今日籦薌亦庶乎。

麥色一律

康年宿麥已芃芃，隄畔芳田自作叢。淡抹青疇新占水，田占水，見御製詩注。輕翻翠浪暖因風。對之實欲齊稱瑞，即此猶堪望穫豐。庶草繁昌時敘景，民依咸入睿情中。

閱文安堤工疊舊作韻

閱堤勞聖主，萬姓聲喧豗。舊時麥收處，瀦水猶未開。始知釜底勢，爲利亦爲災。築堤誠要務，指示昔所培。五載覩厥成，受福慶孔皆。潦歲偶占地，王政先疏排。方隅規樂利，田功暢埏垓。熙熙荷鋤者，額手吾皇來。作詩誡守土，視此其康哉。

再依皇祖閱子牙河詩韻

滹沱河畔訪姜牙，錐指無煩考評去聲家。水借村名原有本，因村因聚落而得水名者甚夥。堤能捍溜自平沙。貽謀土著如磐石，生計漁人此攟蝦。相度機宜承祖烈，因時疏瀹信非賒。

補築格淀堤成輕輿往閱因疊舊韻成什

安愈求安治益治，堤工加築勢因之。要思今日非前日，便識此時與彼時。詢及士人僉曰善，咨於神禹亦宜爲。勤民自與民同樂，王政原難計早遲。

雜　言

但見千里責寸陰，未信千金買一刻。民樂含哺視如傷，予來趨事戒勿亟。鞏丕丕基，食哉惟時。功懋巍乎，德禕侯其。《漢書》：『漢帝之德，侯其禕而。』論文韓曰慙見好，譚理莊云技進道。

日　日

日日抒忱壽世民，天恩親與聖恩親。賡吟參得西銘旨，多是民胞物與人。

夜雨三月十四日

薄雲作春陰，夜來好雨繼。及物理應滋，入耳聲猶細。行漏行密間，静數喜無寐。朝畦流膏乳，麥苗得生意。天心鑒皇衷，總爲生民計。淀上本塗泥，寧藉滂沱勢。更念周近畿，或先或尚未。高下有殊形，豐亨同此冀。

舟行雜詠

宿雨含煙瑞靄凝，御艫行恰好風勝。篷牕景色真如畫，一櫂江鄉記昔曾。

密雨如絲濕不嫌，片帆風正睿情忺。一行白鷺低飛去，遠浦蒼茫天水兼。

船尾吹來花信風，春沾煙樹望何窮。隄邊瀲灔波明處，只少青螺入鏡中。瀛郡數百里無山。

淀中漁父扣舷歌，流水桃花映緑蓑。最是一年春好處，宸遊景物正妍和。

歡呼額手萬人俱，錦纜平拖起浴鳧。絶似莫釐湖外路，鹿頭艇子引蝦鬚。

艫題安福舫爲齋，民數無央面面排。父老亦知歌帝德，量晴課雨仰宸懷。

水　營

清流拂惠風，營迥淀之中。自有星辰衛，何須蒿柱宫。霓旃森近渚，漁唱起遥空。極目煙波外，欣看蔗草芃。

望海寺

清幽古刹水之潯，雲罕重過祇樹林。入座香霏華雨點，到來風送粥魚音。觀空寶相應常在，渡海慈航若可尋。頂禮願增無量壽，世尊心印至尊心。

乘馬由天津府城至柳墅行宫作

霓旌迤邐入城闉，兆姓懽呼尊且親。往歲蠲除恩已渥，即今寬大詔重申。笙歌夾道當三月，花柳宜人正浹旬。慈壽萬年同聖壽，太平風物太平民。

命免天津府屬積欠及直隸通省積欠詩以誌事

蠲賦纔聞循舊例，豁逋又喜渙新恩。民忘納總情如慣，吏罷催科册尚存。首善皐財臻皞皞，九重藏富在元元。杖藜父老侈談處，稠疊謄黄挂郭門。每遇恩旨，令天下臣民咸使聞知者，所司即刊刷黄紙，高懸郭門，遍及村鎮，萬姓讀者，莫不歡呼感泣。

再疊錢陳群津水早春詞仍寄去命和

迎鑾樂府詞新翻，衰齡摅誦言非煩。恭聞聖主歡奉慈輿，於謁陵後時巡津水，敬傚榜歌，用識盛典隆禮，僅得十章以進，少申依戀。頻年慶典洽寰宇，敷天壽域躋羲軒。津民喜遂近光願，如賓日出暘谷温。春沽夾鏡好風日，遶堤士女喧花村。白頭望雲依北斗，有時握管馳吟魂。百十二珠耀蓬藋，上幸津水，念臣未遇時曾流寓天津，再疊前次賜和詩一首，御書手卷以賜，並命恭和。又賜内府緞四疋，與扈從諸大臣埒，真異數也。墨光帶露浮煙痕。門前活水通析木，臣所居城南蓮花橋，一水環繞出郭，即通津也。櫂歌聲裹流潺湲。翠華改歲指東岱，蹕路又見歌平原。歲辛未，上初巡江浙，啟途至山左，製《平原行》一篇，義嚴詞正，風格高古，非漢魏、三唐諸名人所能窺測。臣陳群曾恭和以進，蒙賜褒賞。

天津迴鑾之作

析津巡典慶初成，景物暄和接帝京。慶惠疊施承懿旨，攀留俯允慰民情。田間雨過鸞旂轉，水面風來鳳舸輕。愷澤滂流周甸服，聲聲布穀又催耕。

西　沽

一片西沽水，環流護此方。魚鰕多作市，雁鶩自成鄉。岸草連初麥，村煙帶緑楊。堯民知帝力，恩澤與波長。

閱筐兒港工

河流如箭急，陡落易爲阬。邪許千夫集，堅牢一簣成。徐徐因坦減，緩緩見科盈。運道真長策，神哉順勢營。

恭奉皇太后迴鑾至御園之作

躬掖安輿樂且康，近畿齊祝萬年慶。津門瑞輯共球會，時齊、豫疆吏趨覲行在。海屋籌添日月長。對育預儲甘澍霈，承懽猶及上林芳。省耕共拜恩膏渥，無逸康田念未遑。

恭祝聖主六十萬壽千文頌謹序

臣聞天道運而無所積，故萬物成，帝道運而無所積，故天下歸，聖道運而無所積，故海内服。是説也，即章統會元，運於無窮之謂也。顧惟壽世聖皇，乃臻斯盛，博稽載籍，罕覯其時。歲在庚寅秋八月，恭逢我皇上週甲誕辰，歸善慈寧，錫極兆庶，凡諸湛恩茂典，次第舉行，淪浹九有，内外臣工黎獻，莫不向闕抃舞，争効嵩呼。臣於乾隆二十五年庚辰，恭進皇上五十萬壽長律，序引大衍之義，理數符合，少伸祝嘏微忱。今又十年，叨沐恩注，眷舊有加，乃復體恤衰齡，俾無遠涉。臣惶悚感激，倍切依馳。謹按《尚書》：『益之贊堯曰：「帝德廣運，乃聖乃神，乃武乃文。」』蔡《傳》曰：『廣者，大而無外。運者，行之不息。』説者又曰：『大而能運，與天同德。』蓋天運轉如車轂，皇上法天行健，自彊不息，天亦由命用休，有是德而獲是福，將必有周旋如環，與天同壽者，而推策一週，其權輿數起矣。臣又按班史述三統之律，以人事之紀爲歸，故曰：『《乾》之九二，萬物棣通，族出於寅，人奉而成之，仁以養之，義以行之，令事物各得其理。』我皇上御極以來，仁育義正，龍德正中，今則久於其道而化成矣。《志》又曰：『寅，木也，爲仁，其聲商也，爲義，故太族爲人統，宓戲氏之所以順天地，通神明，類萬物之情也。立人之道，曰仁與義。在天成象，在地成形。后以裁成天地之道，輔相天地之宜，以左右民。』此三律之謂矣。我皇上統輯群元，合揆三統，兹當六十大慶，特命於頒朔之書，重增甲子。自今歲庚寅，至於萬億甲子，數往知來，有先物者矣。夫庚猶更也，甲子至是一更，而周匝無已也。抑庚者道也，萬物得由其道也。且庚位西方，象秋時，萬物庚，庚有實。我皇上萬壽聖節，萬寶告成，歲紀既合，序候適宜，而寅主東方之辰，聖王治天下，德始於春，生生不已。矧我國家産祥降嘏，長發自東，衍慶無疆，皆將於皇上之純德，司天厚集其福焉。臣愚不勝，區區之誠，敬獻所撰《萬壽千文頌》一篇，仍以理數之自然符合者，衍繹其旨，以當乘韋。臣陳群誠懽誠忭，稽首頓首。頌曰：

稽古三皇，斟元太始。萬八千年，爲一甲子。轂轉鈞旋，攝提化啟。有熊推策，斗綱寅指。問於臾蓲，得天之紀。我清受命，肇長白山。流光德厚，源涌閶門。肇興景顯，代毓聖神。太祖太宗，篤祐惟新。世祖御寓，混一坤垠。烝哉聖祖，廣惠累仁。世宗善述，篤生聖孫。我皇之生，誕膺天胙。樞電祥凝，渚虹庥聚。日角龍庭，聲律身度。狗齊敦敏，弗勤在傅。亶父器昌，幼承眷顧。眷顧云何，命侍帷宮。錘峰濼水，徂暑涉冬。親承彝訓，萬壑松風。陶堯鑄舜，默契蒼穹。重闈心法，貽統厥中。主器有託，卜世延洪。前光允迪，治開郅隆。我皇握符，建其有極。守兼創謨，蕩平正直。久道化成，鑿飲耕食。世躋黃姚，職職植植。體備箕疇，用徵聖德。德之大者，孝事天親。旦明匪懈，孚格精禋。圜壇方澤，察物觀神。景壽淵耀，靈貺自甄。琁宮問豎，藹館長春。符天瑞鼎，浹宙臚珍。鈎鈐炳朗，寶册璘彬。躬奉天經，慶流九族。邕邕怡怡，敬友惇睦。五世一堂，咸受介福。暨於外藩，戚枝婕屬。雅歌行葦，誼美采菽。無逸作所，宵旰幾康。六府孔脩，百穀用成。叶歲其有矣，由儀由庚。叶曰雨而雨，曰暘而暘。其或愆候，持鼎以禳。軫念民麗，惄焉如傷。施舍己責，比户蕃昌。五載虞巡，觀民江介。環海澄恬，翕河襟帶。升中告虔，于嵩于岱。申敬尼山，展親紫塞。無非事者，一家中外。伊耆所難，哲惠克兼。我皇澄敘，各守官箴。卿尹岳牧，鞠謀敘欽。九德彰吉，六計弊廉。激揚旌別，孰可測占。衡鑒從心，不爽至孅。弼諧上理，三登五咸。太平之原，敦儒崇道。正學昌明，經天共皦。虎觀石渠，異同是考。濂洛關閩，源流是討。建大成門，辟廱特表。焕乎天筆，象緯同垂。如日復旦，如漢昭回。鼚鼓軒舞，解愠阜財。因文見志，道無不該。典謨大指，風雅別裁。湯盤堯戒，綜於宸懷。誕敷文命，泝埏暢垓。游藝幾餘，罔非天亶。夏服唐弓，高墉獲隼。卬龍筴螺書，熊熊碑版。餘事多能，六法在管。萬象端倪，元工手斡。文德洽矣，武功其成。印籠之役，番碉悉平。準夷内訌，師出以貞。和闐貢玉，拔達成城。拓疆二萬，西旅戢寧。蠻荒遐逖，慴我威稜。虞階舞羽，洱海洗兵。凡此遠猷，握鈐獨斷。纘緒求寧，拯塗戡亂。鶼鰈紛來，賮琛畢獻。鳥弋黄支，天方月窟。稽首輸誠，梯繩難竿。南極曙見，上章中秋。蘿圖長泰，花甲初週。涣號誕告，解澤旁流。蠲賦區夏，作人成周。歡掖金根，祇謁珠邱。津門展義，海屋添籌。駢臻國慶，滋至天庥。遞歲昌期，達寅茆卯。六十聖節，八旬慈壽。資始乾元，揖仁氣母。扐數蓂莛，爰咨隸首。臣効嵩呼，率先黄耇。生逢盛際，簪紱三朝。夙塵法從，飫聽雲韶。聖人壽世，養備庠膠。仕多耆艾，仙有松喬。引年臣分，里糈猶叨。祝釐赴闕，恩渥重霄。圖形鰲禁，賜杖螭坳。二十年中，龍光疊荷。湛露涵濡，淳風餐藉。未答涓埃，捫心清夜。雅慕賡颺，天章婁下。鈞奏缶鳴，元首巴和。臣今獻頌，竊擬九如。以德致福，捷於鼓桴。引鍼磁石，拾芥江珠。即小喻大，理有同符。三多晉祝，五老授圖。孔燕樂愷，媪富黍稌。兒齒鮐背，抃舞康衢。申命自天，純德不顯。敷錫單厚，祥集慶衍。增受泰元，如環之轉。籛鏗耳孫，學慚謭淺。鋪綴千言，莫名萬善。

嵇黼庭尚書六十初度口占一首寄祝

恰成萬壽千言頌，近製《千文頌》恭祝萬壽。又紀尚書初度辰。四世情親同骨肉，三朝恩眷掌絲綸。憲皇帝登極之初，遴選先朝詞臣入直應制，予追隨先相國同充撰擬，嗣與黼庭同列侍從，稱莫逆。予予告歸，兒子汝誠蒙恩同直内庭，令子承謙亦入翰林。兩家諸子同在吏局，孫曾輩侍杖將車，居然荀陳世契。鴛湖樓下尋前約，豹尾班中躡後塵。聖節嵩呼秋正好，應憐九十未衰人。予以精力尚健，本擬今夏赴闕祝禧。上體恤衰齡，不令僕僕津塗，命於明歲來京，恭祝慈寧八旬大慶，而止予今歲之行。

誠兒祝釐北上用癸酉春别予還朝送行詩韻

廿年與爾論會合，得之意外無一同。扈從登陟與歸侍，都在天家雨露中。自癸酉春，誠兒别予還朝，逮今二十年矣。中間扈從南巡者三，典江南試事者再，初次賞假回籍省視，二次命臣遊攝山，於榜發後與汝誠相見。辛巳予入都，恭祝聖母七旬萬壽，留誠兒邸舍者三閲月。乙酉夏，誠兒請假侍母凡六年，與予未嘗相離也。爾今入朝効嵩祝，我亦獻頌將詩筒。是時良苗望甘澍，油然雲布飛濛濛。爾不聞爲霖自古臣責重，又不見十日一雨五日風。明年有旨慶慈壽，上念予年近耄耋，命今歲在籍率紳耆恭祝萬壽，俟明年入都，恭祝慈寧八旬萬壽，並賜詩示眷。勤拳體恤，史册所未聞也。梟趨仍扶舊賜笻。始知人間會合有定分，朔南來去如征鴻。生當盛世無隱蔽，寸忱微悃皆能通。臣節要勵冰壺潔，臣心自矢旭日紅。親知取别飲爾酒，尊前兩世皆成翁。時孫曾輩各買舟來送，皆侍側。

七夕口占示幼子童孫

寒士送窮窮未去，香閨乞巧巧仍無。不如寂寞尋生活，守拙安貧學老夫。

榷使寅虎侯五十初度

刻燭花前促賦詩，鯉庭文酒記當時。予與尊甫榷使交契有年，每經過駐節處，款留情話。時虎侯年未弱冠，拈韻賦詩，坐客咸激賞焉。蜚聲一日趨丹地，承旨頻年侍玉墀。持節閒過靈鷲嶺，尚衣親玥越人絲。扶藜西向長庚望，籬菊香生介壽巵。

渡江次昌黎山石詩韻

寒江瀲灩波紋微，檣烏瑟縮凍不飛。舟中小奚見未見，以手笑指江豚肥。行年十八初渡此，欲紀往躅皆依稀。南人北去走燕市，大抵多坐寒與飢。我今已耄復問渡，焦裴揖我開丹扉。漁舟競挽自高下，導我出入浮晴霏。須臾親知下瓜步，歡然款洽譚成圍。殷勤相視各一笑，笑我白髮猶行衣。隄防津吏有慧眼，要識紫氣來相譏。家兒攜孫昨送我，期我十日行東歸。予挈幼子汝器至維揚，就婚於故大中丞莪村唐公第宅。大兒汝誠，次兒汝恭，攜孫輩來送，期予長至左右當遲我於落帆亭畔也。

附同作　沈叔埏

金焦隱見晨光微，紅船幾隊争翻飛。十年一再渡揚子，所媿同學皆輕肥。今來江流大自在，坐如天上波浪稀。神仙杖履幸趨侍，御李何止慰渴飢。韡紋無際任擊汰，櫂謳欲答聊扣扉。是時海日出雲表，遥望瓜步開林霏。回頭指點挂帆處，一峰京口週遭圍。方瞳顧之差快意，相從況有斑斕衣。潮迴漸覺寒漲縮，輕舸捷於馬脱鞿。江山有待勝遊始，竊笑坡老空思歸。

訪九峰園即事

天筆題猶濕，名園遂得名。園爲汪氏世業，在揚郡城南，奇石羅列，九峰最勝。上於南巡時，曾幸其地，御書『九峰園』三字顔之。脩竹數千個，位置清雅。郡之遊蜀岡者輒問塗於此，園遂得名。竹君忘爾我，石丈寡逢迎。便可一尊到，因之煩慮清。向禽終慰願，十日滯江城。

附同作　沈叔埏

曾非三泖上，亦以九峰名。竹石自賓主，禽魚有送迎。偶然邀一老，相對喜雙清。此墅儻堪乞，移居恰面城。

冬日泊舟邗上將歸安定書院諸生以詩來謁且乞余書詩中推獎逾分次韻爲答兼似儲梅夫山長

始信年華迅似飛，紅橋拈韻事都稀。舊時結習老猶在，贏得詩筒滿載歸。
闍傦知不競時名，荆璞終償十五城。喜見蘇湖諸弟子，兩齋同奉一先生。
誰傳新樣似元和，春蚓秋蛇亦手摩。老去更添腰腳輭，學他陽羨伴籠鵝。

丹徒道中守潮次東坡往富陽新城李節推先行三日留風水洞見待韻

江城薄暮鳴寒禽，守潮有客發清吟。停舟登岸步晴浦，驢背鈴聲雜鄉語。昨宵列炬兩使君，云自出獵來山村。雙兔生致北固遠，殷勤遺我意委婉。將軍容源長，都統昭武侯圖益亭，同訪舟中，遺所獲兔。木瓜美酒舊得名，篷牕自勸聊三行。癡童笑指燈敷蕚，詩成脱手玉蟲落。歸心箭急行偏遲，鳴鉦忽報潮來時。人生不如飛與走，行止久速隨處有。

題陳錫民太守蕉桐滌硯圖

堂開來鶴午風清，一晌餘閒謝送迎。不必畫師圖笠屐，但呼石友結平生。
韋平世德列朱旛，孝友家風聚一門。早護金萱榮北牖，太守弱歲事節母查太恭人，以孝聞於里門。還栽慈竹傍桐孫。

昨日曾題政事堂，清風明月兩相當。前月訪太守，登政事堂，見其空闊軒敞，因題『明月入懷，清風滿袖』數字贈之。太守笑曰：『敷雖不敏，願遵斯義，得步歐、蘇後塵，又何求焉。』借君新洗雙鸖眼，一試曹家紫玉光。近來藝苑多以曹氏所製紫玉光爲佳。

次答英夢堂司農見贈之作

盛代長城句，虚懷問老夫。幾回瞻北斗，一紙落南湖。早擬情相浹，終令致不孤。香山他日事，先後總成圖。

附原作　　英廉

才老推工部，詩成寄達夫。從來論耆舊，多半卧江湖。挂席期能果，挑燈興不孤。還愁顧景秀，好事寫成圖。

庚寅嘉平八日補和尹望山相公五月見懷二首

兒時月夕與花天，僂指行過六十年。予與相公於康熙丁酉秋，始共文酒之會。生世恰逢今際會，許身幸得近神仙。安輪蒲輭依雲路，賜杖藜光指日邊。近奉敕於明歲北上，恭視慈寧八旬大慶。

政事堂中閒借問，幾人到此未華顛。兼懷武進繩菴相公。

拄杖懷人尺五天，春鶊秋蟀又經年。豈真本領能祛妄，那有心情去學仙。隨意謳吟皆得所，偷閒風月自無邊。一緘欲寄時巡地，扈蹕應知上岱顛。

附見寄原作　庚寅五日香樹先生見寄畫箑並録詠菊詩即用其韻賦二首寄懷　尹繼善

憶同香案侍雲天，屈指交情四十年。久羨恩榮稱大老，近聞矍鑠似真仙。鴛鴦湖暖晴牕外，煙雨樓高短榻邊。此後漫教詩更好，恐人讀去欲狂顛。

吴門握手暮春天，轉眼分攜又六年。晚節尚堪香老圃，閒遊何計挾飛仙。瑶箋寄我端陽後，白髮懷人夕照邊。邇日心情能識否，耽吟故態類詩顛。

今年四五月間予偶抱痾伏枕浹旬相公有詩箑見寄兒孫輩侍疾未遽呈覽疾少差扶至書齋見案頭有相公所寄詩箑讀之喜不可支即藏弆篋中乃疾起善忘不復記憶至七月杪又得相公第二次見懷一首并有手跋中有已次韻二首報之之語因遍覓不得僅用第二次詩寄答至跋中引用元白相謔語以見風人相責備自古爲然

不獨今日始也遂作釣詩鈎借前人句一首奉寄乃歲將暮矣予疾平復偶檢點詩畫篋忽得相公前所寄二首一箋其詩之纏綿篤摯有令人感入肺腑者因補和前詩如右寄答望山相公

釣詩鈎借前人句，來往聲聞五六年。予每寄手書箋頭於相公，多擇王、韋及坡詩集中之尤雅者。相公情誼勤拳，必用韻爲答，調高意厚，令人讀而感且愧焉，顧猶以未見予先施爲悵。予曾答箋云：『昔人有言「士日至宰之門，則爲慕勢。宰日至士之室，則爲下士。」退傅與相公，分自相埒，而林栖與當局，境有不同。相公自能俯鑒故人，於形跡之外也。』五年中，所得來章不少，予亦裁答頗勤，以名賢詩釣相公句，是予之善於釣也。釣詩鈎見東坡詩。澹慮何曾遺野老，多情原自屬神僊。用上元夫人、封殖孝廉語意。興飛讓水廉泉外，會約蓬壺瑶島邊。來章有『祝嘏應同福海邊』之句。托意高雲憑一紙，敢云懶慢學張顛。張旭懷友句：『情知海上三年别，不寄雲間一紙書。』

附見懷原作　　尹繼善

五雲詔下許朝天，知己重逢僅隔年。先生於辛卯年來京慶祝。德望原宜陪九老，恩旨令諸臣中年七十以上者，列入九老會。衰庸何幸列群仙。承恩定在瑶池上，祝嘏應同福海邊。御園中有福海。退食餘閒還過我，好傾緑酒集華顛。

前承香樹先生以咏菊詩見寄，已次韻二章報之。寸心繾綣，猶覺意未盡也。復於退直之餘，仍拈前韻，暢寫吟懷，不覺悠然忘暑。以予日侍彤廷先生優游林下，忙閒大不相同，每一眷懷老友，尚不惜挑燈覓句，至再至三。而長水書來，往往附録舊詩爲贈，豈以暌違日久，金玉爾音耶？抑或詩壇宿將，甘作吴江敗兵耶？兹將拙句寄正，并跋數語於後。未識詩翁見此，亦羡白頭興致彌佳，爲之掀髯一笑否？望山跋。

濬井得深字

東井泥平地，西晉濬自今。趁寒收未幕，入夏果猶沉。養與鄰相洽，功同渠已深。由來論成敗，視此要如臨。

沈子景崔重遊宋中館豐兒丞署即席送行得深字

冒暑辭梁苑，衝寒別故林。由來塵外賞，多是爨餘音。子舍燈花綴，丞門轍跡深。爲言九十老，高興尚清吟。

附和韻　　沈珏

雲路仍垂翅，何能戀舊林。公詩多古意，絃外有餘音。殘臘計程遠，清樽感別深。擕將壯行色，枚馬讓高吟。

恭進王淵梅雀報春横卷並識三絶句

寫生粉本各争妍，崔白黄筌儘足傳。一樹梅花百頭雀，後來能事數王淵。

踈枝月上雀飛歸，貌出披綿一例肥。自是豐年常得飽，踏翻香雪簇成圍。

上林雪後一枝寒，鼻觀香生此凭闌。啅雀朝朝來送喜，又看翠竹報平安。

辛卯春帖子詞

嵩嶽方呼慶，瑶池正紀祥。壽里辰協次，春早麗弧光。考十二次名辰曰壽星，今年以嘉平辰日立春，喜符慶紀。

寶籙重開綺甲編，庚寅，上命欽天諸臣於《時憲書》後，增編甲子一週，自今伊始，永著爲令。從兹於萬頌斯年。悉新歲序韶華應，得卯元辰驗大田。歲逢卯次，元辰復爲癸卯。《占驗書》云：『一日得卯，十分收可。爲大田預慶也。』延釐泰岱瑶旂載，訪道尼山玉輅臨。正是作人開蕊榜，高岡梧鳳翽傳音。

梁生調夫公車北上索詩贈行口占一首

海内推真賞，恒山重相門。論詩今見爾，是水有同源。告别袪三執，臨岐贈一言。要將稽古力，華國永承恩。